3

고광(高光) 현대 판타지 장편소설

초판 1쇄 찍은 날 | 2018년 10월 5일
초판 1쇄 펴낸 날 | 2018년 10월 15일

지은이 | 고광(高光)
펴낸이 | 예경원

기획 | 위시북스
편집책임 | 이규재
편집 | 위시북스

펴낸곳 | 예원북스
등록번호 | 제396-2012-000132호
등록일자 | 2012. 7. 25
KFN | 제1-316호

주소 | 경기도 고양시 일산동구 호수로 646-24 위너스21II빌딩 206A호 (우)10401
전화 | 031-819-9431 팩스 | 031-817-9432
E-mail | yewonbooks@naver.com

ISBN 979-11-89450-64-9 04810
     979-11-89450-37-3 (set)

라비돌

la vie d´or

고광(高光) 현대 판타지 장편소설

WISHBOOKS GAME FANTASY STORY

3

Wish Books

CONTENTS

- 1장 -

보은(報恩)

"먼저 교양국장님께 묻겠습니다."

"······."

"제가 정답을 맞힌다면 정말 프로그램을 폐지하실 겁니까."

대남의 말에 장내가 정적을 끼얹은 듯 적막감에 휩싸였다. 세트장 한편에서 그 광경을 지켜보고 있던 김 PD의 얼굴은 이미 사색이 되어 있었다.

류정환 아나운서는 저도 모르게 입을 벌렸다가 급히 닫았다. 대남의 도발 어린 발언에 방청객들도 궁금하기는 매한가지였다.

눈동자가 굴러가는 소리가 들릴 정도로 고요해진 세트장에서 정신을 차리고 있는 이는 카메라 감독뿐이었다. 카메라 감독은 곧장 대남과 마주하고 있는 교양국장의 얼굴을 줌인하며 담아냈다.

'이걸 어떻게 해야 하나…….'

뜻밖의 질문에 가장 당황한 것은 차 국장이었다. 허장성세(虛張聲勢)라 판단하기에는 그가 여태껏 보여온 행보가 거짓이 아님을 뚜렷하게 시사하고 있었다.

차 국장이 쉽사리 말을 잇지 못하자 침묵만이 감돌던 세트장에서 먼저 말문을 연 것은 다름 아닌 대남이었다.

"제가 이 자리에서 최종 문제를 통과하게 된다면 폐지는 정해진 수순이겠죠. 하지만 저는 '대국민 퀴즈 쇼'가 단발성으로 끝나기엔 아까운 프로그램이라고 생각합니다. 그렇다고 국장님께 제가 방송 폐지를 막아달라고 한들, 과연 시청자들이 그 행위를 용납할 수가 있을까요? 재미와 신선함, 그리고 시청률을 동시에 거머쥐기 위해 KBC 시사·교양국에서는 방송 폐지라는 믿기지 않는 룰을 제안했습니다. 대중은 악의보다 위선을 더욱 싫어한다는 말이 있지요. 저는 제 입으로 방송 폐지 룰을 없애 달라고 부탁드릴 생각은 없습니다."

대남은 KBC 방송국에 섭외를 받은 출연자의 입장이었다. 이미 방송국에서 퍼뜨린 대남의 어록들로 인해 기사가 들끓고 있었고, 총괄 PD는 생방송 촬영 전 대남에게 리얼리티를 살려보자 말하기도 했었다.

시청자들이 모든 내막을 알고 있는 게 아니기에, 이러한 상황 속에서 대남이 방송 폐지를 막아달라 말하는 것은 선의가 아닌 위선으로 비칠 것이 자명했다.

"······참으로 어려운 대답을 요구하는군요. 솔직히 말씀드리면 지금 김대남 씨가 저에게 건넨 질문은 선택지가 없는 막다른 길이나 다름없습니다."

차 국장으로서는 쉽게 대답할 수가 없는 부분이었다. 대남이 정답을 알고 있든 없든 이제 와 KBC 방송국에서 내건 '대국민 퀴즈 쇼'의 룰을 변경한다는 것은 자신의 역작이 일순간에 웃음거리로 변모하는 것을 지켜봐야 한다는 뜻이기도 했기 때문이다.

얼마나 시간이 흘렀을까. 차 국장의 말을 끝으로 둘 사이엔 아무 말도 오가지 않았다. 방청객들은 숨을 죽였고, 김 PD를 비롯한 스태프들은 가시밭길을 걷는 것처럼 신경이 곤두선 채로 떨어야만 했다.

이윽고 대남이 자세를 고치고는 방청객들을 바라보며 말했다.

"시대를 풍미했던 일세지웅(一世之雄)의 영웅들이 과연 호사가들의 말마따나 죽음을 두려워하지 않았을까요? 전 아니라고 생각합니다. 그들도 사람이었으니 피할 길을 찾았고, 불리한 싸움에서는 패배를 인정하더라도 목숨만은 보전했습니다. 호기롭게 죽어봐야 무슨 소용이 있겠습니까. 역사서엔 그의 용맹한 죽음을 찬양할지 몰라도 실제론 그저 개죽음에 지나지 않을 테니까요."

"……."

"개똥밭에 굴러도 저승보다는 이승이 낫다는 말이 있지요. 프로그램의 생애 또한 마찬가지입니다. 살아남아야 훗날을 도모할 수 있는 것이지, 폐지가 된 후에는 무슨 소용이 있겠습니까. 전 방송국의 생리를 모르는 일반인이기에 이토록 진솔한 말을 할 수 있는 것입니다."

대남의 말에 차 국장은 그제야 정신이 번쩍 들었다. 카메라는 그 순간을 놓치지 않고 차 국장의 얼굴을 잡아내고 있었다.

눈썹 끝을 시작으로 미세하게 떨리던 미간이 순식간에 찌푸려졌다가 풀어지기를 반복했다. 두 눈을 지그시 감고 짐짓 고뇌를 거듭하는 듯 눈꺼풀이 미세하게나마 떨렸다.

이윽고 차 국장의 굳게 닫혀 있던 입술이 포문이 열리듯 위아래로 서서히 열리려는 찰나.

"자, 십 분이 지났습니다……!"

소원권 종료 시간을 알리는 류정환 아나운서의 목소리가 장내를 울렸다.

"참으로 대단하지 않습니까."

'대국민 퀴즈 쇼가 생방송으로 진행되던 그 시각, 목포의 백고래는 자신의 거처에서 대형 TV를 통해 대남의 모습을 지켜보고 있었다.

폭포의 낙하 속도보다 몸을 빠르게 놀려 거침없이 역행하는 연어의 귀로를 보는 것처럼, 대남의 모습은 보는 이로 하여금 형용할 수 없는 카타르시스를 자아내게 했다.

"어르신의 말씀대로 신성은 예사 인물이 아닌 듯싶습니다."

백고래의 옆을 지키고 서 있던 비서가 낮게 말했다.

"암, 예사 인물은 아니지요."

백고래는 과거 한국전쟁 직후 겪었던 동란을 거쳐, 격동의 시대를 지나 지금에 이르기까지 현대사에 이름을 남긴 수많은 이들과 함께 살아왔다. 그들을 비춰 보건대 비범과 천재의 영역은 한 발자국 차이일 것이다.

그리고 지금, 19단계 문제까지 풀어내는 대남을 보며 백고래는 확신할 수 있었다.

"시대가 바뀌고 역사의 주인들이 바뀌니, 새로운 얼굴이 수면 위로 떠오르는 법이지요."

이윽고 대남과 교양국장의 소원권 시간이 생방송을 통해 가감 없이 방영되었다. 그 광경을 지켜보던 백고래가 너털웃음을 지어 보이며 비서에게 물었다.

"어찌 될 것 같나요?"

"글쎄요, 아무래도 국장으로선 상당히 부담스러운 상황이 아니겠습니까. 설령 프로그램을 존폐 위기에서 구해낸다고 한들 망신살을 면치 못할 테니……."

프로그램의 생사가 달린 문제였건만, 범인이 생각할 때 방송국 측은 저들이 내건 의견을 철회할 것 같지는 않아 보였다. 하지만 백고래는 이내 고개를 저어 보이며 입을 열었다.

"교양국장은 시사·교양국의 수장입니다. 수장은 덕을 보았을 때 앞에서 환희와 박수갈채를 받기보다는, 본보기로써 절체절명의 순간 자신의 목을 내놓을지언정 아랫사람을 위해 희생할 줄 알아야 합니다. 곧 있으면 알 수 있을 겁니다. 과연 교양국장이 정말 수장의 자리에 적합한 인물인지 말입니다."

"자, 십 분이 지났습니다……!"

류정환 아나운서의 외침에 일순 차 국장의 얼굴이 당혹스러움으로 물들었다.

그도 그럴 게 녹화방송이 아닌 생방송이라 극도로 긴장된 분위기 속에서 촬영하다 보니 류정환은 십 분이라는 제한 시간에만 온 신경이 쏠려 있었다. 때문에 대남과 차 국장이 나누는 대화에 곤두세울 신경까지는 남아 있지 않았다.

"……."

차 국장이 패색이 짙은 얼굴로 세트장 한편으로 걸음을 옮겼다. 그 광경을 바라보던 스태프들이 신음을 삼켰다. 김 PD는 사색이 되어 어쩔 줄 몰라 하며 차 국장을 맞이했다.

"국, 국장님."

"잠깐 생각할 시간이 필요하네."

차 국장은 짧은 말만을 남긴 채 망부석이라도 된 양 자리에 올곧게 서서 대남을 바라봤다.

'개똥밭에 굴러도 저승보다는 이승이 낫다라…….'

좀 전 대남이 한 말을 떠올리며 수많은 고뇌를 거듭하는 차 국장이었다.

인생을 돌이켜 보면 일평생 성공 가도를 위해 달려왔다고 해도 과언이 아니었다. 수많은 프로그램을 흥행시켰고, 종국에는 국장이라는 자리에까지 앉을 수 있었다.

한데 일생일대의 커리어이자, 유종의 미를 장식해 줄 것으로 생각했던 '대국민 퀴즈 쇼'에서 이런 겹겹이 쌓인 난관에 부닥칠 줄 어찌 알았으랴.

"……."

얼마간 침묵을 유지하던 차 국장이 대남의 입술에 집중했다.

세트장 정중앙에 선 대남은 20단계 문제의 정답을 발표하기 직전이었다.

뒤늦게나마 정신을 차린 류정환 아나운서가 최대한 시간을 끌고는 있었지만, 생방송인 탓에 어찌할 수는 없을 터였다.

"……결자해지라고 했지."

"……네?"

차 국장의 물음에 김 PD가 의문을 표했으나, 이미 차 국장은 걸음을 옮겨 세트장 정중앙으로 걸어가고 있었다. 그 모습에 류정환 아나운서가 놀라고 카메라 감독은 급히 포커싱을 넓게 잡기 시작했다.

"아, 정답을 발표하기 이전에 잠시 교양국장님께서 세트장 중앙으로 오고 계십니다."

이윽고 세트장 중앙에 도달한 차 국장은 고개를 돌려 대남을 한 번 바라봤다.

'고맙네.'

차 국장이 무언의 시선을 날려 보내자, 대남은 입가에 미소를 짓는 것으로 화답했다. 곧이어 차 국장은 자세를 돌려 정면 카메라를 향해 깊이 고개를 숙였다 자세를 바로 하고는 입을 열었다.

"먼저 전국 각지에서 '대국민 퀴즈 쇼'를 시청해 주시고 응원해 주시는 시청자 여러분과, 방청을 위해 먼 걸음을 달려와 주신 방청객분들에게 사죄의 인사를 올립니다. 저는 '대국민 퀴즈 쇼'의 총괄 책임을 맡은 시사·교양국의 국장 차종오입니다. 지금 저는 여러분에게 제 만용에 관한 용서를 빌고자 이 자리에 섰습니다."

차 국장의 말에 장내의 사람들이 웅성거리기 시작했다.

"'대국민 퀴즈 쇼'의 초기 기획 단계에서 저희는 간과한 점이 있었습니다. 여기 계신 1회 출연자 김대남 씨와 같은 보기 드문 천재들이 존재한다는 사실을 망각했고, 대중에게 유익함과 교육성을 선사해야 할 시사·교양국에서 방송 폐지라는, 어떻게 보면 언어도단과도 같은 극적 재미만을 추구하는 시스템을 도입했다는 것입니다. 프로그램의 취지가 저로 인해 빗나간 점 다시 한번 읍소하며 용서를 구합니다."

차 국장은 말을 끝내며 다시 고개를 깊이 숙여 보였다.

사실 방송 폐지라는 오락성 아이템은 김 PD를 비롯한 스태프진의 회의에서 나온 아이디어였기에 세트장 밖의 상황은 초상집만큼이나 암울했다.

'……구, 국장님. 죄송합니다.'

세트장 중앙에서 고개 숙인 교양국장을 바라보던 김 PD는 울음을 참으려는 듯 땅바닥을 향해 고개를 푹 내리깔았다.

차 국장은 오늘의 일로 시말서 작성을 면치 못할 것이 분명했다. 아니, 타 언론에 집중포화를 당해 자칫하면 옷을 벗어야 하는 상황이 벌어질지도 몰랐다.

이윽고 차 국장이 무거운 발걸음을 옮겨 세트장 밖으로 걸어
나왔다. 지미집 카메라만이 그 모든 상황을 담아내고 있었다.

차 국장의 말을 끝으로 장내에 다시 적막함이 감돌았다. 이
에 류정환 아나운서가 마이크를 겨우 움켜쥐고는 말했다.

"아, 앞선 상황의 경우 갑작스러운 상부의 지침 변경으로 향
후 공식적인 보도 자료를 통해 시청자 여러분께 공표하도록 하
겠습니다. 자, 대망의 20단계 문제만이 남아 있는데 말입니다."

중도를 지키려는 류정환의 목소리가 장내에 울려 퍼지자 다
시금 열기가 피어오르기 시작했다. 마지막 문제를 남겨두고
많은 일이 벌어졌지만, 단언컨대 '대국민 퀴즈 쇼'의 백미는 지
금이라고 볼 수 있었다.

모두의 이목이 집중된 가운데, 류정환이 다시 힘차게 말을
이었다.

"대남 씨, 이제 마지막 문제의 정답을 말해주시면 됩니다!"

하지만 류정환의 힘찬 목소리와는 상반되게 대남의 입에선
아무 목소리도 들리지 않았다.

"저, 대남 씨······?"

대남은 그저 입술을 굳게 다문 채 정면 카메라를 응시하고
있었다. 이윽고 대남은 고개를 깊이 숙여 보이고는 말했다.

"죄송합니다만, 잘 모르겠습니다."

"······네?"

류정환이 의문스럽게 되물었지만 대남은 다시 입을 열지 않았다.

　생방송으로 숨 가쁘게 진행되었던 '대국민 퀴즈 쇼'가 끝나고, 차 국장은 세트장 중앙에서 걸어 내려오는 대남을 향해 물었다.

　"왜 그랬나."

　"무슨 말씀이십니까?"

　"마지막 문제의 정답을 알고 있지 않았나."

　대남은 차 국장의 시선을 받아내며 입을 열었다.

　"만약 국장님께서 끝까지 의견을 굽히지 않았다면, 저는 정답을 말했겠지요."

　"그런데 왜?"

　차 국장의 물음에 대남은 짐짓 뜸을 들였다. 대남이 대답을 하기 전까지 차 국장은 자리를 비킬 생각이 없어 보였다. 그 모습에 대남은 어쩔 수 없다는 듯 짧게 어깨를 들썩이고는 말했다.

　"희생을 자청한 수장이 있는데, 악역 하나쯤은 있어야 하지 않겠습니까."

　"……내 자네가 원하는 부탁이라고 하면 죽는 한이 있더라도 뭐든 들어주도록 하겠네!"

차 국장은 대남을 바라보며 그렇게 말했다. 그는 KBC 창사 40주년 대기획 프로젝트가 풍랑 속에 좌초되는 것을 막아준 대남을 바라보며 깊이 고개를 숙였다. 사회적 지위의 고하를 떠나 인간 대 인간으로서 고마운 것이었다.

"국장님, '대국민 퀴즈 쇼' 상금이 얼마라고 했지요?"

"오천만 원일걸세. 하지만 그걸로는……."

차 국장이 말꼬리를 흐리자 대남 또한 눈가에 미소를 짓고는 천천히 고개를 끄덕여 보였다.

"턱없이도 부족하겠죠."

5천만 원이라면 서울 전역의 아파트 한 챗값에 버금갔지만, 오늘 대남이 보인 행동은 그 돈으로도 살 수 없는 값어치의 일을 한 것이나 진배없었다.

더군다나 성인군자가 아닌 이상에야 결초보은(結草報恩)의 마음가짐으로 보상하겠다는 것을 굳이 손사래 쳐가며 거절할 필요가 없는 것이다. 대남은 망설임 없이 입을 열었다.

"일단 금양출판의 광고 촬영이 가능하겠습니까?"

불과 일 년 전만 하더라도 출판 탄압으로 공영방송가에서는 출판계의 접근이 불가능하다시피 했다. 하지만 금양출판을 주축으로 다시금 출판 시장과 문단이 활기를 되찾고, 출판 규제가 완화된 지금은 대남의 말이 영 불가능한 일도 아니었다.

하지만 마치 기다렸다는 듯 보은에 관해 이야기하는 대남의 모습에 차 국장이 당황하는 것은 어쩔 수가 없었다. 그 모습에 대남이 입가에 미소를 짓고는 말했다.

"끝이 아니에요."

[KBC 창사 40주년 기획 '대국민 퀴즈 쇼' 첫 방과 종방을 동시에 할 뻔하다!]

[사법 고시 최연소 수석 김대남, 퀴즈 쇼에서 불세출의 천재적인 면모 발휘!]

[KBC 시사·교양 차종오 국장, 무리한 방송 규칙 설정으로 심의위원회 회부.]

['대국민 퀴즈 쇼' 출연자 김대남, 20단계 문제 고의 오답 의혹.]

생방송으로 진행된 '대국민 퀴즈 쇼'가 끝난 뒤의 여파는 꽤나 거셌다.

퀴즈 프로그램으로는 이례적으로 32.7%의 시청률을 기록해, 웬만한 대하 드라마와 견주어도 손색없는 흥행을 불러일으켰지만 그만큼 구설수도 많이 뒤따랐다.

"대남아, 괜찮냐."

장중보옥(掌中寶玉)이라, 어느새 성인이 된 대남이었어도 아버지의 눈엔 손에 쥔 옥만큼이나 귀했으며 아직 어린아이와 다름없었다. 자신의 아들이 벌써부터 세상의 풍파를 겪게 하기는 싫었다.

아버지의 걱정스러운 물음에 대남은 오히려 입가에 미소를 지어 보이며 답했다.

"괜찮아요. 그 정도 가지고 뭘요."

조간, 석간 할 것 없이 신문에는 대남과 KBC 차종오 국장에 관한 이야기가 오르락내리락했다. 그러나 언론의 집중적인 포화에도 불구하고 대남은 개의치 않았다.

언론은 대남이 마지막 문제를 고의로 풀지 않은 것과 차 국장의 번복에 비판의 초점을 맞추고 있었지만, 정작 대중은 대남이 선보였던 신기와 같은 비범한 모습에 연일 놀라고 있는 중이었다.

"대남아, 근데 마지막 문제 정말 고의였냐……? 아비도 TV로 봤는데 조금 이상한 느낌이 들긴 하더구나."

"……."

"만약 그런 거라면 도대체 누구 좋으라고 그런 거냐. 네가 내 아들이지만 한 번씩 도통 이해가 되지 않을 때가 있어."

"아버지, 혹시 아니요? 덕을 베풀면 복으로 돌아올지."

그 순간, 대남의 대답을 끝으로 금양출판 사장실에 비치된 전화기가 울렸다. 아버지는 대남의 대답이 영 못 미덥다는 표정을 지으면서 수화기를 받아 들었다.

그런데 시간이 흐르면 흐를수록 전화를 받는 아버지의 표정이 심상치 않게 변했다. 마치 못 들을 말이라도 듣고 있는 사람의 표정이었다.

"대, 대남아. 어서 전화 받아 봐라."

"누군데요?"

"K, KBC 방송국 사장님이시란다."

수화기를 건네받은 대남은 짐짓 뜸을 들이고는 귓가에 가져다 댔다.

"전화 바꿨습니다. 김대남입니다."

-반갑군요. KBC 방송국 사장 권수완입니다.

갑작스러운 전화에 당황할 만도 하건만 대남은 오히려 평소에도 통화를 해오던 사이인 것처럼 아무렇지 않게 행동했다.

"전화하신 이유가 어떻게 되십니까?"

-교양국장에게 듣기는 했지만, 정말 나이에 맞지 않는 성미를 지니셨습니다. 제가 해외 출장을 가 있는 동안 생긴 일에 관해선 익히 들어 알고 있습니다. 잊지 못할 은혜를 입었는데 외면하는 것은 사내대장부가 할 짓이 아니지요.

아무리 그래도 KBC 방송국 사장이 직접 전화를 걸어올 줄이야. 하나 대남은 놀란 기색을 겉으로 비치지 않았다.

곧이어 권 사장의 목소리가 계속해서 대남의 귓가로 날아

들었다.

-식사를 한번 대접했으면 합니다. 사실 저 역시 '대국민 퀴즈 쇼'를 보고 난 후 대남 씨에게 많은 관심이 생겨서 말입니다. 또 그에 합당한 보상도 필요할 것 같고요.

"그런 이유라면 오랫동안 미뤄 둘 이유가 없지요. 오는 금요일은 어떠십니까."

-시원시원하시군요. 좋습니다. 그럼 금요일 점심에 KBC 방송국 본관에서 뵙겠습니다. 교양국장과 함께 자리할 겁니다.

전화를 끝마친 대남이 수화기를 내려놓았다. 대화의 내용을 듣지 못한 아버지는 꽤 궁금한 것이 많은 듯 대남을 뚫어지라 바라보고 있었다.

이윽고 대남은 자세를 고쳐 앉고는 아버지를 바라보며 말했다.

"복이 왔네요."

박 교수의 방.

금요일 자 조간신문에는 아침부터 흉흉한 소식의 기사들이 실려 있었다.

"일가를 생매장하는 등 이달에만 해도 서울 전역으로 흉악 범죄가 기승을 부리고 있다고 하네. 민생 치안을 목적으로 현 정권에서 범죄와의 전쟁을 선포했는데도 말이지……."

법학총론 강좌의 박 교수가 신문 기사를 읽으며 그렇게 말했다.

작년 가을 무렵, 노태후 대통령은 헌법이 부여한 모든 권한을 행사해서 각종 범죄를 소탕하겠다고 호언했다. 하지만 그로부터 수개월이 흐른 지금, 아직까지 국민의 불안과 정부를 향한 불만은 해소되기는커녕 한없이 쌓여만 가고 있는 실정이었다.

"사회 전체가 죄의식에 대한 마비 증세를 일으킨 것이나 다름없지요."

맞은편에 앉아 있던 대남이 읊조리듯 말했다. 박 교수와 대남은 대남이 대신 '대국민 퀴즈 쇼'에 출연을 한 뒤부터 무척이나 친해졌다. 박 교수는 법학 연구를 위해 교수직을 택했을 뿐이었기에 사제(師弟)간의 끈끈한 정은 맺지 못할 거로 생각했었는데 말이다.

"정부의 책임을 안 따질 수는 없겠지만 사회 전체의 풍조가 지금 그렇습니다. 일단 사회 지도층들이 제대로 된 면모를 보여주지 못하고 있고, 땀 흘려 일하기보단 부동산 투기와 도박을 비롯한 각종 한탕주의가 판을 치고 있는 세상 아닙니까. 도덕성의 근간이 흔들리니 민생 치안이 추락을 거듭할 수밖에요."

"……."

"하지만 조만간 정부에서 다시 칼을 뽑을 겁니다. 머리를 굴려 여소야대 정국을 3당 합당으로 타개했는데 강력 범죄를 소탕하지 못해 민심이 흔들리는 일이 발생하는 것은 원치 않을 테니까요. 아무래도 범죄와의 전쟁이 다시 선포될 가능성이 높습니다. 이번에는 전국적으로 검경이 실적을 내지 못하면 문책을 각오해야 될 테니 눈에 불을 켜고 달려들지 않겠습니까. 안 봐도 뻔한 일이지요."

박 교수는 대남의 혜안에 감탄을 금치 못했다. 국민의 성화에도 불구하고 정부는 아직까지 제대로 된 입장 표명 하나 발표하지 않고 있던 시기였다.

사실 본인이야 대검찰청에 동기들이 남아 있어 검찰 내부가 어떻게 돌아가고 있는지 알고는 있었지만, 아직 사법연수원생도 아닌 대남이 저토록 낱낱이 파악하고 있다니.

"대남 군, 자네가 퀴즈 쇼에서 막힘없이 문제를 풀어나가는 모습에 감탄을 금치 못했고 교양국장과 소원권으로 담판을 벌이는 것을 보고는 더욱 놀라 입을 다물지 못했었는데 말이야. 정말 자네는 보면 볼수록 사람을 놀라게 하는 재주가 있어."

"말도 마십쇼. '대국민 퀴즈 쇼' 이후로 학교에서 제 얼굴을 모르는 사람이 없을 정도입니다."

"천재를 향한 뜨거운 관심쯤으로 해두지. 사실 대부분이 자네가 마지막 문제를 틀렸다는 것보다 문제를 풀어나가는 과정에 놀라 눈을 비비며 자리에서 벌떡 일어날 정도였지."

불과 며칠 전에 벌어진 일이었지만 언론을 떠들썩하게 달구었던 대남과 차 국장에 관한 뉴스는 점차 잦아들기 시작했다. 아무래도 KBC 방송국 측에서 특단의 조치를 취한 것임이 틀림없었다.

"그런데 말이야, 자네 정말 마지막 문제의 정답을 몰랐던 것인가?"

박 교수가 의문스러운 눈초리로 대남을 바라봤다.

한국대학교 법학부에선 여러 가지 낭설이 떠돌고 있었다.

대남이 20단계 문제의 정답을 알고 있었음에도 묵인했다는 파와 애초에 마지막 정답을 몰랐다는 파.

박 교수는 당연히 전자에 속해 있었다.

"정답을 말하지 않았다면, 모르는 것이나 다름없지요."

선문답과도 같은 대남의 대답에 박 교수의 눈동자에 이채가 떠올랐다. 어느새 그의 머릿속엔 대남이 20단계 문제의 답을 말하는 장면까지 상상되고 있었다.

'그렇게 수많은 이가 자신을 바라보고 있는데도 남을 위해 뜻을 굽힐 줄 안다라.'

박 교수는 대남이 제자의 신분이었지만, 어떻게 보면 자신과 대등한 관계라는 생각이 들 때도 있었다. 명석한 두뇌는 둘

째 치고, 앞을 내다보는 혜안만큼은 그 나이 또래에서는 두 눈을 씻어봐도 찾아볼 수 없는 재능이었다.

"그나저나 오늘 KBC 방송국을 간다고 했지?"

"네, 식사 초대를 받아서요."

"한데 왜 KBC에서 갑자기 자네에게 식사 초대를 한 것인가?"

박 교수는 대남이 갑작스레 KBC 방송국으로부터 초청을 받은 것이 의아한 듯했다. 불과 며칠 전만 해도 대남 때문에 몸살을 앓을 뻔하지 않았는가.

대남은 손목시계의 시간을 확인하고는 자리에서 일어나며 말했다.

"보상을 받아야 하니까요."

"보상……?"

점심시간을 맞추어 KBC 방송국 본관에 도착한 대남은 주위를 살폈다. 아직 약속 시간까지는 시간이 남아 있었기에 일전에 둘러보지 못했던 방송국 내를 찬찬히 살필 요량이었다.

간혹가다 대남의 얼굴을 알아본 이들이 있었으나, 아무래도 대놓고 말을 걸지는 못했다.

"김대남 씨?"

아무도 말을 걸지 않을 것이라 생각했던 그 순간, 누군가의 목소리가 대남의 귓가를 울렸다.

소리가 들려오는 방향으로 고개를 돌리니 그곳에는 낯익은 얼굴의 소유자가 대남을 노려보듯 바라보고 있었다.

"김 PD님?"

"여긴 웬일입니까?"

'대국민 퀴즈 쇼'의 총괄 PD를 맡았던 김석태 PD였다. 그는 스쳐 지나가던 대남을 단번에 알아보고는 신경을 곤두세우며 물었다.

'대국민 퀴즈 쇼' 첫 방영 이후 김 PD는 3개월간의 감봉 신세를 면치 못했고, 또 대남이 그러한 행동을 취한 정확한 내막을 모르니 적대감을 드러내는 것도 이상하지는 않았다.

"……설마 또 방송 촬영 때문에 오신 건 아니죠?"

"아닙니다, 그냥 방송국 구경 중이었습니다."

"아, 아니, 배울 만큼 배우신 분이 여기서 이러시면 어떡합니까. 일전에 방송에 출연한 적이 있다고 해서 방송국을 내 집 드나들듯 해도 되는 줄 아는가 본데, 정확히 말씀드리면 여긴 관계자 외 출입 금지인 구역입니다. 아시겠습니까?"

김 PD 또한 자기가 이렇게 대남에게 생짜를 부리듯 말꼬리를 잡는 것을 알고는 있었으나 어쩌겠는가. 야심 차게 준비한

'대국민 퀴즈 쇼를 파훼하다시피 박살을 내어버린 이에게 좋은 감정이 들 리 만무했다.

그것을 알고 있는 대남은 그저 차분히 대답할 뿐이었다.

"점심 약속 때문에 왔습니다."

"점심 약속이요?"

대남의 간단명료한 말에 김 PD가 의문을 토해냈다. 아무리 생각해 봐도 KBC 방송국에 대남과 식사를 함께할 사람은 없어 보였기 때문이다.

생각은 꼬리에 꼬리를 물고 그 대상이 결국 대남에게 첫 번째 인터뷰를 했던 막내 작가가 아닐까, 라는 생각까지 들 무렵 대남이 김 PD의 어깨너머를 바라보며 말했다.

"저기 오시네요."

대남의 목소리에 김 PD의 고개가 저절로 뒤로 향했다. 분명 시야에는 보이지 않지만 김 PD의 동공이 확장되는 것이 뒤통수를 뚫고 보이는 듯했다.

이윽고 뒤로 주춤거리듯 밀려난 김 PD가 믿기지 않는 듯한 표정으로 입을 열었다.

"……사, 사장님. 그리고 국장님."

KBC 방송국 권수완 사장은 김 PD와 대남이 나누는 대화를 들은 것인지 한 차례 눈을 부라려 김 PD를 바라보고는 곧장 대남에게로 시선을 돌렸다.

"기다리느라 고생하셨습니다. 회의가 늦게 끝나는 통에 귀한 손님을 홀로 기다리게 했군요."

"아닙니다. 사실 김 PD님 덕분에 심심하지는 않았습니다."

"크흠, 제가 아는 한정식집이 있는데 그리로 가시죠."

곧이어 권수완 사장과 함께 대남이 발걸음을 옮겼고 그 뒤를 교양국장이 뒤따랐다.

김 PD는 멀어지는 뒷모습을 하염없이 바라보다가 그들이 시야에서 사라지고 나서야 자리에 무너지듯 주저앉으며 참았던 숨을 몰아 내쉬었다.

"이 집은 전국 각지에서 올라온 산뜻한 제철 음식들이 맛깔스럽지요. 과거에는 한양의 기생집 중 가장 이름난 곳이었는데 시대가 흐르다 보니 한정식집으로 변모하고 그 정취에 맛깔을 더하니 웬만한 미슐랭 레스토랑 부럽지 않은 곳입니다."

방송국에서 자동차를 타고 얼마 가지 않아 도착한 한정식집은 권 사장의 말마따나 궁궐이라는 이름이 퍽 어울릴 정도로 장엄한 경치를 드러내고 있었다.

잘 깎아놓은 비석들로 담을 쌓아 연못을 이루고 그 안에는 황금 잉어가 유려하게 유영하고 있었다.

"교양국장에게 많은 이야기를 들었습니다. 사실 '대국민 퀴즈 쇼'의 영상만 보고는 그 당시의 상황이 잘 이해가 되지 않았는데, 당사자의 이야기를 들어보니 와닿더군요. 자칫했으면 창사 40주년 기획이, 말 그대로 단발성 파일럿으로 끝이 날 뻔했습니다."

권 사장의 말이 끝나자 옆에 앉아 있던 차 국장 또한 입을 열었다.

"대남 씨, 그때는 내 경황이 없어서 말을 잘 못 했지만 다시 한번 고맙다는 이야기를 전합니다. 만약 거기서 내게 격언을 해주지 않았더라면 지금쯤 저는 사퇴를 하고 골방에서 바둑이나 두고 있지 않았겠습니까."

권 사장과 차 국장은 번갈아가며 대남에게 거듭 감사 인사를 전했다.

권 사장의 입장에선 40주년 프로젝트가 자신의 임기 내에 무너지는 오점을 남기는 것이었고, 차 국장의 경우에는 자신의 사활이 걸리다 싶었던 일이니만큼 마음을 다한 고마움이 느껴졌다.

"대남 씨가 꽤나 솔직한 입담을 지녔다는 것은 익히 들어 알고 있습니다. 이번 일이 고맙다는 말로 끝날 일이었으면 평생 동안 대남 씨를 향해 고맙다는 말을 전해도 끝나지 않겠지요. 원하시는 것이 있으면 무엇이든지 말씀해 보세요."

KBC 방송국의 권 사장은 사회적 지위를 떠나 꽤나 소탈한 성정을 지닌 듯했다. 연륜으로 보나 사회적 경험으로 보나 대남보다는 월등히 높은 자리에 있었건만 그는 사람의 됨됨이로 판단하는 것인지 대남을 무시하거나 하대하지 않았다. 오히려 동등한 위치에서 바라보는 느낌이 강했다.

"말뿐인 고마움이야 백 번 들어서 뭐하겠습니까. 사장님의 말씀대로 현실적으로 제게 필요한 것들이 좋겠지요. 일전에 교양국장님을 통해서 말씀드린 금양출판의 주요 시간대 광고 계약권과 함께 추후에 필요한 용건이 있다면 도와주신다는 약조만 해주시면 됩니다."

"흠, 대남 씨가 증권시장에서 신성이라 불릴 정도로 투자의 귀재라는 사실을 알고는 있지만, 돈은 많으면 많을수록 좋은 게 아니겠습니까. 동산도 넓으면 넓을수록 좋고 말입니다."

광고 계약권만 하더라도 이미 물경 5천만 원 이상의 이득을 본 것이나 다름없었다. 하지만 권 사장의 입장에선 이치에 맞지 않는 거래로 느껴졌나 보다.

"대남 씨 덕분에 '대국민 퀴즈 쇼'는 명맥을 유지할 수 있게 되었고, 40주년 창사 기획이라는 그 타이틀에 맞게 몸집을 거대하게 불릴 수 있었습니다. 제 임기 내의 가장 큰 오점이 될 뻔한 일을 바로잡아 주시지 않았습니까. 부담 갖지 마시고 터놓고 말씀해 보세요."

"사장님, 전 밑지는 장사는 하지 않습니다. 제가 마지막으로 드린 말씀을 곰곰이 생각해 보세요."

'추후에 필요한 용건이라……'

국영방송의 사장 자리는 정치적인 요소가 섞여 있음은 물론이고 언론계에서도 강력한 힘을 발휘할 수 있는 매개체였다. 더군다나 들리는 소문에는 권수완 사장이 이름난 가문의 성골(聖骨) 출신이라는 말이 있으니, 그 배경과 더불어 발휘할 수 있는 힘은 꽤나 도움이 될 터였다.

"훗날 제게 무슨 도움을 받고 싶으신 겁니까."

권 사장의 말에 대남은 짐짓 뜸을 들이다 말했다.

"인생을 살다 보면 어떤 일이 생길지 모르지 않습니까. 무언가 목표를 이루고자 할 때, 제게 유용한 한 발의 탄환이 되어 주시지요. 그거면 됩니다."

자신을 탄환이라 칭하며 비유적으로 표현하는 대남의 모습에 기분이 나쁠 수도 있건만 권 사장은 오히려 대남의 타고난 당돌함에 놀라움을 금치 않을 수 없었다.

불과 약관의 나이를 넘은 지 얼마 되지 않은 젊은 청년이 사사로운 물욕에 사로잡히지 않고 대계(大計)를 품고 저를 이용하겠다 포부를 내비치다니, 시건방져 보인다기보다는 박수를 쳐주고 싶은 지경이었다.

'도대체 어디서부터 계획한 것일까……'

권 사장은 술잔을 기울이며 대남의 눈동자를 바라봤다. 깊은 호수를 쳐다보듯 속내를 알 수 없는 그 속엔 분명 야망이

꿈틀거리고 있으리라. '대국민 퀴즈 쇼'에서 보인 기행은 비단 우발적인 것만은 아니었을 것이다.

권 사장은 도자기 모양의 술병을 들어 대남 쪽으로 옮기며 말했다.

"대남 씨, 만약 그날 대남 씨가 마지막 문제를 통과하고 '대국민 퀴즈 쇼'가 그대로 폐지되었다면 어떻게 되었을 것 같습니까."

대남은 술잔에 일렁이는 영롱한 빛깔을 바라보다 술잔을 들어 입안으로 털어 넣고는 말했다.

"적이 되었지 않겠습니까. 아, 표현이 조금 그런가요. 아마도 증오의 대상이 되었겠지요. 창사 기념으로 제작한 기획 프로그램을 망치고 사장님의 임기에 크나큰 오점을 남긴 놈으로 말입니다. 그리고……."

"……."

"괜히 오천만 원을 타고자 방송국 관계자들에게 증오의 대상이 될 필요는 없잖아요."

대남의 말에 권 사장은 술잔을 잠시 내려놓고는 호탕하게 웃음을 터뜨렸다. 옆에 앉아 있던 교양국장 또한 그제야 모든 게 이해가 됐는지 놀라움을 감추지 못하는 눈치였다. 그 모습을 지켜보던 대남이 자세를 당겨 앉고는 말했다.

"사장님, 그럼 이제 우리는 어떤 사이입니까."

대남의 물음에 권 사장의 입가에 진득한 미소가 피어올랐다. 오랜만에 만나는 사내 중의 사내가 아닐 수 없었다. 가감없는 언행의 뒤편에 숨겨진 계획은 치밀하다 못해 자신의 젊은 날을 반성케 하기까지 했다.

과연 자신은 저 나이에 저런 두뇌와 혜안을 지닌 채 살았던가.

권 사장은 기분 좋게 술잔을 들어 보이며 말했다.

"다른 말이 무엇이 필요하겠습니까."

"……."

"친구, 그 한마디면 되겠지요."

며칠 뒤, 권 사장은 대남과의 약속을 일사천리로 진행시켰다. 금양출판으로 방송국 관계자들이 도착해 각종 촬영 기구를 비롯해 이동식 거대 조명들까지 설치하고 있었다.

'그래, '대국민 퀴즈 쇼'는 계륵이었지.'

대남은 분주히 움직이는 그들을 바라보며 생각했다. 애초에 박 교수가 저에게 권한 '대국민 퀴즈 쇼'는 말 그대로 계륵이나 마찬가지였다.

실력 발휘를 하지 않았더라면 류정환 아나운서의 말처럼 유명한 잔칫집에 한낱 일회용 제물로 끝났을 것이고, 실력 발휘를 했더라면 방송 폐지는 예정된 수순이었다.

더군다나 박 교수가 자신에게 '대국민 퀴즈 쇼'를 제안했을 땐 방송 폐지라는 조건이 걸려 있는지도 몰랐었다.

하지만 대남은 위기를 기회로 만들 줄 아는 사람이었다.

아주 유명한 이야기도 아흐레를 못 간다는 말처럼, 이미 언론은 '대국민 퀴즈 쇼'에서 있었던 사건들을 새까맣게 잊은 듯 조용해진 뒤였고 대남에게는 승리의 미소를 지을 일만 남았다.

"금양출판 업무 분위기가 굉장히 좋은데요?"

광고 촬영을 맡은 여감독이 대남에게 다가와 말했다. 출판사를 대상으로 하는 CF 촬영은 전무하다고 봐도 무방했기에 실내 세트장을 쓰지 않고 금양출판 현장을 쓰기로 결정한 것이 신의 한 수였다.

금양출판의 직원들은 갑작스럽게 출판사 곳곳에 촬영 장비들이 설치되니 약간 경직된 얼굴로 계속해서 업무를 보고 있었다.

"출판사 광고는 사실 저희도 처음이나 마찬가지여서 걱정했었는데, 생각보다 포인트 잡을 곳도 많고 콘티대로 진행해도 무방할 것 같네요. 더군다나 실제 직원들을 광고 배우로 기용하실 생각을 하시다니 탁월하십니다. 그럼 콘티상 여주인공 역할과 남주인공을 맡아주실 분들이 필요한데……."

애초에 KBC 방송국 상부의 명령으로 갑작스럽게 결정된 광고 촬영이라 감독의 현장 감응 능력이 아주 중요했다.

광고를 맡은 감독은 그쪽 업계에선 꽤나 베테랑인지 한눈에 금양출판의 전경을 파악하고는 조명을 배치했다. 이윽고 직원들의 얼굴을 샅샅이 훑어보던 감독이 대남에게 다가와 말했다.

"저기 계신 여직원분이 마스크가 청순하고 괜찮은 게 딱 적합하겠는데요."

"석혜영 대리?"

감독이 지목한 여직원은 다름 아닌 석혜영 대리였다. 감독의 말에 석혜영의 얼굴이 홍당무가 된 것처럼 벌게지기 시작했다. 이윽고 감독은 곧장 대남을 향해 말했다.

"남자 주인공 역할은 아무래도 대남 씨가 좋겠어요. 마스크가 딱 적합해. 그리고 도서·출판 업계에 딱 적합한 인물이잖아요. '공부가 제일 쉬웠어요!'가 대남 씨 트레이드 마크 아닌가요?"

감독의 말에 여기저기서 웃음소리가 터져 나왔다. 본래 대남이 전국 수석과 사법 고시 수석을 차지할 정도로 똑똑한 것은 익히 알고 있었으나 '대국민 퀴즈 쇼'가 방영된 뒤에는 그 궤를 달리하는 두뇌의 수준에 모두 혀를 내두를 지경이었다.

"자, 여기 있어요. 이 책들은 대남 씨 업무 자리 배경으로 쓰일 겁니다."

감독은 어디서 들고 왔는지 모를 두꺼운 대학(大學)과 중용(中庸)을 대남에게 건네었다.

"제가 '대국민 퀴즈 쇼'를 꽤 감명 깊게 봤거든요. 전국에서 대남 씨보다 기억력 좋은 사람은 분명 없을 거예요."

광고 촬영은 날이 저물 때까지 계속되었다. 금양출판 직원들에게는 따로 광고 촬영에 대한 보수를 지급했기에 더욱 열심히 촬영에 임하는 듯 보였다. 그들은 자신들의 얼굴이 공중파에 송출된다는 것에 감격을 머금고는 쉬는 시간마다 화장을 고치거나 머리와 옷매무새를 매만지기 바빴다.

"자, 모두 고생하셨습니다!"

감독의 말을 끝으로 여기저기서 수고하셨다는 말이 튀어나왔다. 단 하루 만에 이뤄지는 촬영이 아닌 며칠에 걸쳐 진행될 촬영이었지만 감독은 첫날부터 꽤나 흡족한 미소를 짓고 있었다.

이윽고 방송국 사람들이 떠나고, 금양출판의 직원들도 퇴근을 서둘렀다. 대남은 아버지가 계신 사장실로 향했다. 아버지 또한 촬영에 참여했던지라 녹초가 된 몸으로 소파에 몸을 기대고 있었다.

"대남아, 아비는 정말 어떻게 된 일인지 모르겠다. 이렇게 갑자기 KBC 방송국하고 광고 계약이 맺어지다니 말이다. 요 근

방 출판사 중에서 광고 촬영을 맡은 건 금양출판이 처음일 게야. 아니, 지금 대한민국의 출판사를 통틀어도 처음일 테지. 정말 꿈을 꾸는 것 같구나."

불과 몇 해 전까지만 해도 출판 탄압 때문에 골머리를 썩였던 아버지이다. 그전에는 그보다 더한 고초를 겪으며 근근이 생계를 유지하셨다. 한데 이제는 지상파에 금양출판의 이름을 올리고 그 명성을 더욱 널리 알릴 수 있을 거라는 사실이 감격스러우신 듯했다.

"대남아, 도대체가 어떻게 된 일이냐……?"

아버지는 일련의 일들이 어떻게 진행된 것인지 궁금한 모양이었다. 대남은 그런 아버지를 바라보며 짐짓 뜸을 들였다. 이윽고 아버지의 귓가로 대남의 알 수 없는 말들이 흘러들어 왔다.

"글쎄요. 때로는 적보다 친구를 만드는 게 더 좋을 때가 있더라고요."

- 2장 -

섭외 전쟁

KBC 40주년 창사 기획 '대국민 퀴즈 쇼'는 대남으로 인해 연일 최고 시청률을 기록하고 있는 중이었다.

　시청률 보증수표라 불리던 기존의 연예인들을 제외하고 일반인들을 기용했다는 점에서 '대국민 퀴즈 쇼'는 그야말로 파란이라 표현해도 좋을 만큼의 흥행 가도를 달렸다.

　또한 대남의 방송 출연으로 일반인 출연자에 대한 관심도가 증가하는 상황에서 방송가에서는 전국 각지에 이름난 수재들을 비롯해 재야에 숨겨진 기인들을 섭외하려 안간힘을 썼다.

　그 시각, MBS 교양국장실에선 때아닌 한숨 소리가 터져 나오고 있었다.

　"KBC 방송국은 김대남 그 친구 덕분에 요즘 잔칫집 분위기더군요."

MBS 교양국장실에선 김주호 교양국장과 임성렬 예능국장이 서로 마주 앉아 담화를 나누고 있었다. 김 국장의 한탄 섞인 목소리에 힘이 들기는 임 국장 또한 마찬가지인 듯했다.

"어쩔 수가 없지 않겠습니까. '대국민 퀴즈 쇼'가 그렇게 흥행을 기록한 마당에 이제는 새로 방송된 주말 프로그램들에도 대중의 관심이 쏠리고 있으니…… 앞으로 이 난관을 앞으로 어떻게 해결해야 될지 고민입니다."

"맞아요. 시청률 보증수표라고 불리는 연예인들을 섭외해 봐도 시청률에서 밀리기는 매한가지이니 이걸 어떻게 이겨 나가야 할지……. 그렇다고 좀 유명하다고 소문난 기인들을 섭외해도 결과는 별반 다르지 않으니 말입니다."

KBC 방송국을 제외한 방송가는 요즘 난관(難關)이라는 말이 어울릴 정도로 대중의 민심을 잡기 위해 골머리를 앓고 있었다.

윗선에서는 무조건 시청률을 높여라, 수단과 방법을 가리지 말고 할 수 있는 것을 총동원하라고 하는데 도무지 꺾일 생각을 않고 올라가는 '대국민 퀴즈 쇼'의 위력을 잡아낼 방도가 없었다.

"교양국장님, 사실 제가 생각한 방안이 하나 있긴 한데 말입니다."

예능국장의 은밀한 목소리에 김 국장은 의자를 앞당기고는 귀를 쫑긋 세웠다. 그 모습을 바라보던 예능국장이 짐짓 뜸을 들이다 말했다.

　"어차피 KBC 방송국도 김대남이라는 그 친구 덕분에 시청률이 날개 단 듯 올라간 것 아닙니까. 그 친구가 공인된 배우도 아니고, KBC에 소속된 탤런트도 아닌데 까짓것 우리도 한번 섭외해 보는 게 어떨까요?"

　"흠, 그게 가능할까요? 뭐, 일단 섭외만 된다면야."

　김 국장의 의문에 임 국장이 입가에 슬며시 미소를 지어 보이며 답했다.

　"그런 거라면 걱정 마시죠. 제 지기가 한국대학교 법학과 학과장인데 한번 부탁해 보도록 하겠습니다."

　금양출판의 광고 촬영이 끝이 났다. 지상파 송출도 감지덕지한 일인데 주요 시간대에 배정된다는 대남의 말에 직원들의 얼굴은 한층 더 상기되었다.

　그렇게 아스팔트를 뜨겁게 달구었던 1991년의 뜨거운 여름, 금양출판은 새로이 변모하고 있었다.

　"대남 씨, 광고 봤어요?"

광고 방송 다음 날, 석혜영 대리가 얼굴을 붉힌 채 대남에게
물었다.

"예쁘게 잘 나오셨던데요."

"……농담하지 말아요. 광고 보고 가족들, 친구들이 저를
어찌나 놀리던지 아주 민망해 죽겠어요……."

강력한 CM송으로 무장한 금양출판의 광고 방송은 대중의
뇌리에 각인되었을 정도로 유행을 탔다.

금양출판의 신입 사원 역할을 맡은 석혜영 대리는 그 앳되
어 보이는 귀여운 외모 덕분에 인기를 끌었고, 대남 같은 경우
'저처럼 기억력이 좋아지고 싶다고요? 금양출판에서 발간된
책을 읽으세요!'라는 멘트를 날려 시청자들을 경악케 했다.

대남은 그렇게 석혜영과 말을 나누다 아버지가 계시는 사장
실로 발걸음을 옮겼다. 공모전이 마감된 이후로 수상과 더불
어 금양출판에서 발간한 서적들의 영상화를 추진 중이었기
때문에 아버지는 요즘 눈코 뜰 새 없이 바빴다.

"힘드시죠?"

"내가 아무리 바쁘다 한들 대남이 너한테 비하면 새 발의 피
다. 일 년 동안 사법 고시 치르는 것도 모자라 방송 출연까지,
우리 가족 중 네가 제일 공사다망하지 않았냐. 그리고 사업가
한테 일복이 많은 건 천운이지, 천운."

아버지는 근래 금양출판의 업무가 상당히 많아졌음에도 입

가에 미소를 잃지 않으셨다. 바쁜 만큼 오히려 직원들의 월급을 더욱 올려줄 수 있다는 것이 그 힘의 원동력이 된 것 같았다.

아버지는 잠시 뜸을 들이다 입을 열었다.

"그건 그렇고 일전에 말한 문화·예술계 쪽 사업 확장에 관해서는 어떻게 할 생각이냐."

"곧 서둘러야겠죠. 한데 방학 전까지는 시간이 도통 나질 않을 것 같아서……"

사업 확장에 있어 회의적이셨던 아버지가 막상 마음을 먹자, 정작 대남의 시간이 남아나질 않았다. 졸업한 뒤에는 곧장 사법연수원에 입소해야 했기에 아무래도 학기 중에 시간 내기는 무리였다.

"학교 강의가 많나 보구나."

"아무래도 법학과 특성상 학년이 올라갈수록 전공과목이 점차 늘어나니까 어쩔 수 없는 부분이겠죠. 사법 고시를 합격했다고 해도 그 부분에 관해서는 어떻게 할 수가 없으니까요. 그건 그렇고 사업 확장을 하면 사옥도 넓혀야 할 텐데 미리 봐둔 곳 있으세요?"

"사옥을 확장하려고……?"

애초에 금양출판이 있는 부지에서 사업 확장을 계획했던 아버지로서는 지금 대남이 꺼낸 말이 생소했다. 사업이 실패할 수도 있는 것인데 무분별한 확장은 그만큼 부담이 되었기 때문이다.

하지만 대남은 그런 아버지의 의중을 읽은 것인지 고개를 저어 보이며 말했다.

"이왕 할 거면 크게 해야죠."

"대남 선배가 만든 2차 문제지 못 구하나?"

"야, 그건 돈 주고도 못 사. 청명제에서도 자체적으로 관리한다더라."

"그래도 그렇지, 매년 법률이 개정될 텐데 관리해 봤자지."

"인마, 하나는 알고 둘은 모르네. 법률적인 지식이 중요한 게 아니야. 대남 선배가 만들어낸 문제의 유형과 또 그걸 풀어낸 해답지가 얼마나 귀한 건지 모르냐. 들리는 말로는 대남 선배가 첨삭해 주고 가르쳤던 선후배 중에 반수 이상이 2차 합격했다고 하더라."

한국대학교 법학관 앞 벤치에선 이제 막 2학년에 접어들어 전공과목을 수학하며 법학도로서의 이름표를 막 달기 시작한 후배들이 저들끼리 신나게 떠들고 있었다.

갑론을박이 될 수도 있을 법한 이야기였지만 이미 대남은 그 이름 석 자만으로도 뚜렷한 존재감을 증명한 터라, 후배들의 존경을 받고 있었다.

"앞으로의 세상은 경천동지라는 소리가 어울릴 만큼 크게 변화할 걸세. 따라서 법학을 공부하는 사람들도 그에 알맞게 변화를 도모해야 하는 법이지. 그럼 판결의 잣대가 되는 법률 또한 많이 바뀌지 않겠는가. 경계해야 할 것은 정치가들이 저들의 입맛에 맞게 법률을 제정하는 것이겠지만, 실질적으로 그것을 견제해 줄 사람이 없다는 게 안타까운 일이지."

3당 합당이 이뤄진 이후 그것에 불만을 느낀 노교수가 자신의 생각을 돌려 말하고 있었지만 그 속내를 모르는 이는 없었다. 대남은 강의실 한편에서 그 소리를 들으며 잠자코 생각을 거듭했다.

'앞으로 세상이 정말 어떻게 바뀌려나.'

초능력을 사용해서 미래를 엿볼 수도 있을 테지만, 지금 당장 그렇게 하고 싶지는 않았다. 어차피 미래라는 것은 언제든지 바뀔 수 있다는 사실을 일련의 사건들로 겪었기 때문이다.

이윽고 강의가 끝나고 대남이 자리에서 일어나려는 찰나, 법학과 학생회장이 달려왔다.

"대남아, 학과장님이 너 찾으시더라."

"학과장님이……?"

법학과 전공 교수들은 1년, 길게는 2년씩 돌아가면서 학과장을 역임하게 되어 있었다. 이번 학과장을 맡은 김성욱 민법 교수는 총장하고도 그 사이가 각별하다고 하니, 법학부뿐만 아니라 한국대학교 전체에 막강한 지휘 권한을 가지고 있는 사람이었다.

"어서 오게나, 대남 군."

김 교수는 대남을 바라보며 흡족한 미소를 지어 보였다. 요즘 김대남이라는 이름 석 자 덕분에 한국대학교의 위상이 나날이 높아지는 중이었다. 교수의 눈에 비친 대남의 모습은 그야말로 금은보화나 다름없었다.

"공부하느라 힘들지는 않은가. 솔직히 전공과목이라고 할지라도 자네는 이미 전부 수학을 끝마친 수준이 아닌가. 사법연수원에 들어가서 실무 경험과 좀 더 높은 차원의 법률 지식을 습득해야 될 터인데."

"아닙니다. 배움에는 끝이 없다고, 지금 듣는 강의만으로도 충분히 도움이 되고 있습니다."

"역시 천재는 다르구만. 내 젊었을 적을 보는 것 같아."

KBC 방송국에서 주최한 '대국민 퀴즈 쇼' 이후로 대남에 관한 기사가 많이 게재되었고, 더불어 한국대학교 법학부에 대한 관심도 나날이 높아지고 있었다.

대한민국의 미래를 보고 싶거든 고개를 들어 관악 아래 한국대학교를 보라는 말처럼, 과거부터 위상이 높았던 한국대학교는 대남으로 인해 천재들의 배움터라는 인식이 대중의 뇌리에 강렬하게 각인되었다.

"자네가 '대국민 퀴즈 쇼'에서 선전을 보인 덕분에 한국대학교 총장님뿐만 아니라 관계자들 역시 고마워하고 있다네. 불과 약관에 이른 나이로 사법 고시 수석에 더불어 '대국민 퀴즈 쇼'에서 보인 위용을 이룩하려면 얼마나 절차탁마하는 자세로 수학했을지 나조차도 가늠이 안 되는군."

대남은 학과장의 말을 계속해서 듣고만 있었다. 서론이 길면 분명 자신에게 부탁하는 용건이 있으리라. 대남은 학과장의 입에서 그 용건이 나오기까지 진득하게 기다렸다. 이윽고 학과장이 마른 입술을 쓸며 말했다.

"사실 난 자네가 방송에서 또 한 번 그런 기재를 보여줬으면 한다네."

"……"

"이번 MBS 방송국에서 주최하는 법률 프로그램이 있는데 말이지. 현직 법조인들이 나와 주제에 맞는 사건을 두고 갑론을박을 벌이는 토론의 장인데, 자네가 한 번 더 활약해 주길 바라고 있어."

"현직 법조인들이 나오는 자리에 저를 말입니까?"

대남이 사법 고시를 수석으로 통과했다고는 하나 법조인들의 눈으로 바라보면 사법연수원 입소도 하지 않은 애송이에 불과할 터였다. 아무리 법률적 지식이 뛰어나다고는 하나 실무 경험이란 건 무시할 수 없는 것이었다.

"현직 법조인의 견해도 중요하지만 제작진 측에서는 한국대학교 법학도, 그것도 현재 가장 뛰어난 지식을 선보인 자네에게 관심이 많다더군. 만약 이 제안을 받아들인다면 이번 학기 전공과목에 한해서는 수업을 듣지 않아도 수학한 것으로 내 처리해 주겠네. 이미 각 강좌의 교수들과도 협의가 된 부분이야."

대남은 예상외의 제안에 귀가 솔깃할 수밖에 없었다.

금양출판의 업무와 더불어 문화·예술계 전반적인 사업 확장을 위해서라면 몸이 두 개라도 부족할 만큼 시간이 부족한 시기였다. 이럴 때 커리큘럼을 가득 메운 전공과목에 대한 편의를 봐주겠다면 그보다 더 좋을 수는 없었다.

학과장 또한 대남이 고민을 하는 것이 보이자 소파에 몸을 기댄 채 여유롭게 대답을 기다렸다. 하지만 이윽고 학과장의 귓가로 들려온 것은 예상외의 대답이었다.

"싫습니다."

"……뭐?"

제안을 거절하리라고는 상상도 못 했던 것인지, 학과장의 미간에 잡힌 주름이 더욱 깊게 파였고 대남을 향한 눈동자에는 의문이 가득 피어올랐다.

그런 학과장을 향해 대남은 입가에 미소를 지은 채 말했다.

"그 정도 조건으로는 부족하죠."

대남의 말에 소파에 몸을 기댄 채 편히 앉아 있던 학과장이 깜짝 놀라 대남 쪽으로 몸을 앞당겼다. 그 탓에 대남의 시야에는 학과장의 깊게 파인 주름뿐만 아니라, 오늘 아침 면도를 잘못한 것인지 군데군데 덜 깎인 턱수염까지 한눈에 들어왔다.

"……그게 무슨 소린가, 자네?"

"학과장님, 등가교환(等價交換)이라는 말을 아시지 않습니까. 동일한 가치의 두 상품이 교환되어야 합당한 거래라 할 수 있는 것입니다. 하나 지금 학과장님께서 제안하시는 조건은 제가 방송 출연을 하는 대가로 전공과목에 한해 수업을 안 들어도 된다는 것인데, 저한테 너무 불리한 조건이 아닙니까?"

"아, 아니, 도대체 뭐가 그렇게 불리하단 말인가. 일주일에 한 번 촬영에 임하는 대신 자네가 그 주 내내 들어야 할 전공과목 수업을 수강하지 않아도 된다는 혜택을 준다는 것 아닌가. 시간은 금이라고 하지. 이 정도면 학업으로 인한 자네의 시간 소요를 내 아주 많이 덜어주는 것이라고 생각되는데 말이야."

학과장의 말에 대남은 짐짓 뜸을 들이다 고개를 좌우로 흔들어 보였다.

　모름지기 학과장의 자리라고 하면 학과 내에서 장(長)을 맡아 법학부 내에서 이뤄지는 대소사를 결정해야 하는 자리이거늘, 저렇게도 생각이 짧아서야 되는 것일까.

　아니면 빛 좋은 개살구를 들이밀어 대남으로 하여금 무슨 이득을 취하려는 것일까.

　이윽고 대남이 학과장의 시선을 정면으로 받아내며 입을 열었다.

　"학과장님, 제가 '대국민 퀴즈 쇼'에 출연한 뒤 얼마나 많은 섭외 전화를 받았는지 알고 계십니까? 지상파 방송은 물론이고 잡지나 여러 언론 매체에서 숱하게 연락이 왔었습니다. 개중에는 한 회 방송에 출연하는 조건으로 기성 유명 탤런트들의 출연료에 버금가는 출연료를 대접하겠다는 곳도 있었습니다."

　"……"

　"그런데 제가 왜 거절했는지 아십니까?"

　대남의 말에 학과장은 꿀 먹은 벙어리라도 된 양 말문을 열지 못했다. 오히려 학과장이라는 신분을 이용해 얕은 술수로 대남을 꾀려고 했던 자신이 한없이도 낮아 보였다.

　한데 한편으론 의문도 들었다. 대남은 왜 그 많았던 제안들을 거절한 것일까, 더 이상 매스컴의 관심을 받기 싫어서였을까?

학과장의 의문이 꼬리에 꼬리를 물고 이어갈 무렵, 대남은 대수롭지 않게 말했다.

"저는 돈이 많습니다."

"⋯⋯."

"출연료를 받고자 방송에 출연할 이유가 없는 상황입니다. 오히려 '대국민 퀴즈 쇼' 직후로 방송에 모습을 내비치는 첫 경우가 될 테니 그 관심은 이전보다 더 뜨거울 겁니다. 대중의 관심이 더 높아질 테고, 그 만족도를 채워주지 못한다면 웃음거리가 되거나 가십거리가 될 확률이 높겠지요. 막말로 토사구팽을 당할지도 모르는 자리에 제가 왜 들어가겠습니까."

하나하나 틀린 것이 없는 말이었다. 생각해 보니 수많은 사람이 저를 쳐다보던 생방송 촬영 현장에서도 떠는 것 하나 없이 본인이 하고 싶은 말을 거침없이 내뱉었던 이다. 교수라는 신분이 아무리 높다고 한들, 대남에게는 소용없는 신분일 것이 자명했다.

곧이어 학과장은 찌푸렸던 미간을 풀어내고 이내 저자세로 대남을 바라봤다.

"대남 군, 사실 말일세. 내 절친한 지기가 지금 MBS 방송국 예능국장으로 있다네. 그쪽에서 하는 말이 요즘 지상파끼리 맞붙은 시청률 경쟁으로 어떻게 해도 KBC를 이길 방도가 없다더군. 이미 자네로 인해 순풍에 돛 단 듯 나날이 고공 행진을 벌이고 있으니 말이야."

"……."

"……결국 나한테 부탁을 하더군. 대남 군이 우리 법학과 학부생이다 보니 혹시 내 도움을 받을 수 있는지 말이야. 내 원래 학생에게 이런 부탁을 하는 사람은 아니네만 어떻게 이번 한 번만 딱 눈감고 방송에 출연해 주면 안 되겠나. 워낙 막역지우 사이기도 하고 그동안 꽤 도움받은 것도 많아 그 친구에게 어떻게든 갚고 싶네."

학과장의 읍소하는 자세에 대남도 곤란하기는 매한가지였다. 하지만 그렇다고 손해 보는 장사를 할 수는 없었다.

여태까지 방송국에서 온 수많은 연락을 모두 거절했는데 이렇게 학과장님의 부탁이라고 해서 넙죽 들어줄 수는 없었기 때문이다.

이럴 경우 오히려 대남이 합당한 조건을 내걸고 상대방이 고민하게 만드는 경우가 편했다.

"먼저 방송 출연에 관한 조건을 다시 재설정해야겠습니다."

"조건을 말인가……? 그, 그래. 한번 말해보게나."

"학과장님 차원에서는 이번 학기 말고 3학년이 끝날 때까지의 전공과목에 대한 수업을 참석하지 않아도 된다는 혜택을 주셨으면 합니다. 또."

"또······?"

이미 3학년 전체 전공과목에 대한 혜택을 조건으로 내걸었는데 대남이 '또'라는 말을 꺼내자 학과장의 낯빛이 거무죽죽하게 변하기 시작했다. 하지만 대남은 아랑곳하지 않고 계속해서 말을 이었다.

"MBS 방송국에서 제작된다는 법률 프로그램의 특성상 녹화방송이 될 확률이 높은데, 만약 저의 예상대로 녹화방송이라면 이에 관해서는 출연을 하지 않겠다고 말씀을 전해주십시오. 녹화방송의 경우 제작진의 대본대로 진행될 가능성이 큰데, 남에게 휘둘리는 일은 제 적성에 맞지 않습니다. 또 이로인해 저에 대해 어떤 편견이 생길지도 모르는 일이고요."

"그 말인즉······."

"네, 만약 제가 출연을 하게 된다면 생방송으로 진행해 달라는 말씀입니다."

대남의 말에 학과장은 머리가 지끈지끈 아파오는 것을 느꼈다. 제아무리 천재라고 주변에서 떠받들어 준다고 한들, 아직은 새파랗게 어린 대남을 손쉽게 구워낼 수 있을 줄 알았는데 오히려 저가 대남의 입맛대로 움직여야 할 판국이다.

"······그래. 이제 끝인가······?"

학과장은 이제는 끝일 것으로 생각했다. 대남이 내건 조건들은 하나같이 들어주기 힘든 것이기는 하나 일단 대남을 잡아놓기만 하면 방송국 측에서 협의할 일이었다. 학과장 자신이 골머리를 앓을 일은 아닌 것이다.

또 대남이 자신에게 내건 조건 또한 학과장의 힘을 이용한다면 영 들어줄 수 없는 제안도 아니니 기분 좋게 대남과 손을 마주 잡으려는 찰나, 대남이 다시 입을 열었다.

"하나 더 있습니다."

"……."

"출연료에 관한 부분은 아직 제대로 협의하지 못하지 않았습니까. 조금 전에 말씀드린 것처럼 저를 방송에 섭외하기 위해 각 방송국에서는 유명 배우 못지않은 대우를 해준다는 약속을 했습니다. 이런 상황 속에서 어떻게 무일푼으로 방송에 출연할 수 있겠습니까. 아무리 학과장님의 부탁이라고 해도 그건 상도덕이 아니지요."

학과장은 이제는 이마에 땀이 송골송골 맺히는 것을 경험하고 있었다. 대남은 그런 학과장을 바라보며 마지막으로 말을 꺼냈다.

"출연료 합의와 방송 출연에 관한 절차에 대한 협의는 방송국 측에서 직접 와서 진행해 주었으면 합니다. 학과장님을 이용해서 돌려 말한다고 제가 들을 나이는 아니지 않습니까. 아참, 한 가지 더. 제가 아주 바쁜 와중에 수락한 것이라는 말도 꼭 전해주시고요."

MBS 교양국장실.

"뭐어? 우리한테 직접 오라고 했다고……?"

한국대학교 법학과 학과장으로부터 대남이 말한 제안을 전해 들은 임 국장이 시사·교양국 김 국장에게 말을 전했다.

다소 건방지다고 볼 수 있는 대남의 제안에 김 국장의 표정이 좋지만은 않았다. 하지만 도리어 임 국장은 입가에 진득한 미소를 지어 보이며 말했다.

"김 국장님, 그래도 나쁜 조건만은 아닙니다. 그 친구가 말한 제안대로 사실 다른 지상파방송국에서도 이미 많은 러브콜을 보냈을 것입니다. 그런 상황 속에서 다른 방송사의 제안은 다 거두절미하고 저희 MBS 방송국과 출연을 계약한다면 그것이야말로 홍복(洪福)아니겠습니까."

"그래요. 그렇게 생각하니 틀린 말은 아니군요."

"맞습니다. 그런데 문제는, 제 지기 말에 의하면 김대남 그 친구가 상당히 영리하다고 합니다. 일단 섭외만 끝나면 어떻게 요리하는 건 시간문제라고 생각했는데 그게 아닐 것 같아서 말이죠……. 그래도 일단 섭외에 긍정적이니 다행입니다."

MBS 측은 일단은 섭외가 큰 관건이었던 만큼 큰 산은 넘은

거나 다름없었다.

사실 대남이 내건 조건을 모두 들어주고서라도 대남을 섭외하는 건 가치 있는 일이 자명했다. 자신들이 원하는 그림대로 대남이 움직여 줄지는 의문이지만 그건 나중 일이었다.

"한데 김 국장님, 그 친구가 제안한 생방송이라는 조건에 관해서는 어떻게 하는 게 좋겠습니까? 제가 시사·교양국에 대한 전반적인 사정은 자세히 모릅니다만 아무래도 녹화방송으로 예정되어 있던 프로그램이 아닙니까."

임 국장의 말에 김 국장은 잠깐이나마 고민을 하는가 싶더니 이내 짧게 고개를 끄덕여 보이며 말했다.

"어차피 KBC 방송국의 기세를 잡으려면 맞불 작전이 낫습니다. 오히려 생방송이라는 조건은 저희에게 득이 될 가능성이 큽니다. 편성을 바꾸려면 조금 애를 먹어야겠지만 결과물을 보시게 된다면 사장님께서도 꽤나 만족하실 겁니다."

평소에는 일 처리가 느렸던 김 국장이 마음을 먹고 일을 하려는 듯하자, 임 국장의 입가에도 미소가 번졌다.

요즘 들어 사장님께서 하루가 멀다고 잔소리를 하는 통에 교양국, 예능국 따질 것 없이 어떻게든 시청률 잡기에 혈안이 되어 있었기 때문이다.

"그래요, 한데 우리 측 사람으로 누굴 보내는 것이 좋겠습니까? 그 친구 호락호락하지 않다면서요. 출연료 부분에서는 협의를 잘해야 할 텐데 말입니다."

"이번 법률 프로그램의 제작 기획을 맡은 도강욱 기획 PD가 어떨까 합니다. 도 PD가 그래도 이 바닥에서 꽤 오랫동안 굴러먹었고 성격도 있으니 출연료 협의 부문에서는 잘해낼 겁니다. 괜히 별명이 '미친개'겠습니까. 자기가 주도하는 잔치판에 싱싱한 활어가 걸려들었는데 놓칠 위인이 아니지요."

임 국장의 말에 김 국장은 화답이라도 하듯 너털웃음을 지었다.

도강욱 PD는 올해 들어 십 년이 넘는 연차 있는 베테랑 PD였다. 그가 여태껏 봐온 방송국의 생리는 어려운 분야의 프로그램이 빛을 발했을 때 대박을 칠 때가 많다는 것이었다. 그래서 법률 프로그램이라는 일반인들에게는 생소하고 다소 어려워 보이는 종목을 선택했는지도 모른다.

'애초에 김대남 네놈을 목적에 두고 계획한 프로그램이다.'

도 PD는 자동차를 몰아 금양출판으로 향하면서 생각을 거듭했다.

KBC 방송국의 '대국민 퀴즈 쇼'를 보고 도 PD는 곧장 김대남이라는 사람에 대한 정보를 캐내었다. 그리고 모든 연결점이 법학으로 일관한다는 점을 들어 법률 프로그램을 기획하기에 이르렀다.

'뭐, 처음 계획대로 되기는 힘들겠지만. 그래도 사골이 남아나지 않게 구석구석까지 훑어 먹어주마.'

애초의 계획대로라면 녹화방송이라는 점을 이용해 미리 준비한 대본과 편집을 통해 대남을 요리할 생각이었으나, 생방송으로 방송이 바뀔 수도 있다는 점이 도 PD를 아쉽게 했다.

'조금 전에 전화를 걸었을 때도 상당히 건방지게 받더니만, 실제로 어떤 모습일지 궁금하군. 출연료에 관해서는 내가 어떻게든 깎아내 보이마.'

'대국민 퀴즈 쇼를 통해 대남의 거침없는 성정을 유추해 볼수 있긴 했어도 실제 모습이 궁금했다.

방송국을 나서기 전 했던 통화에서도 '지금 금양출판에 있습니다'라는 짧은 말을 남기고 전화를 끊어버리는 게 아닌가. 실제로는 얼마나 건방질지 상상이 가지 않았다.

"다 왔군."

이윽고 금양출판의 건물 앞에 당도한 도 PD가 차를 주차하고는 힘차게 발걸음을 옮겼다.

금양출판은 전국에서 가장 바쁜 출판사라고 해도 과언이아닐 정도로, 이미 직원들이 분주하게 업무를 보고 있었다.

"저, 저기."

한참이나 지나가던 직원들을 붙잡으려던 도 PD에게로 한 명의 여직원이 걸어왔다. 바로 석혜영 대리였다.

"무슨 일 때문에 오셨어요?"

"아, 저는 MBS 방송국에서 나온 도강욱 PD입니다. 김대남 씨를 만나고자 왔는데 혹시 어디 계신지 알 수 있을까요?"

도 PD의 물음에 석혜영 대리는 다소 곤란한 표정으로 머리를 긁적여 보이고는 말했다.

"대남 씨 지금 외근 나갔는데."

"……네?"

어안이 벙벙한 도 PD의 귓가로 마치 대남의 환청이 들리는 듯했다.

금양출판에 있다고 했지, 기다린다고 하지는 않았어요.

도강욱 PD와 대남이 만나게 된 것은 그날로부터 이틀 뒤였다. 금양출판을 방문하는 족족 대남이 외근을 나가 있는 통에 쉽게 만나기 힘들었던 것이다.

그렇다고 한국대학교를 찾아가자니, 방송국 입장에서 자세를 너무 낮추는 것 같아 영 볼품이 없었다.

"처음 뵙겠습니다. 김대남이라고 합니다."

"반갑습니다. 이번 법률 프로그램의 기획을 맡은 도강욱입니다."

우여곡절 끝에 만나게 된 대남과 도강욱은 금양출판에 마련된 직원용 휴게실에서 이야기를 나눴다.

도강욱은 자신의 맞은편에 앉아 있는 대남의 모습에 약이 오를 대로 오른 상태였다. 이틀 연속 바람맞힌 것도 모자라 여유 만만한 태도가 거슬렸던 것이다.

"대남 씨가 이번에 저희 법률 프로그램을 출연해 주신다고 하니 저희로서는 고마울 따름이군요."

"아직 확정한 건 아닌데요?"

"……."

출연료를 협상하기 전 구두로라도 출연 확정을 받고 본론을 시작하는 편이 기선 제압하는 데 낫다고 생각했지만 대남은 그렇게 만만한 상대가 아니었다.

도강욱은 잠시 주춤거리더니 이내 아무렇지 않은 듯 입가에 미소를 지으며 말했다.

"만약 대남 씨가 저희 프로그램을 출연해 주신다면 한국대학교 법학과 입장에서도 많은 이득을 볼 수 있을 것입니다. 기성 법조인들 사이에서도 기죽지 않고 자신의 의견을 피력하는 천재 법학도의 모습을 꾸려 나가자는 게 기본적인 촬영 콘셉트이니 말입니다."

"대본이 따로 주어지는 건가요?"

"녹화방송으로 촬영될 시에는 대본이 존재하겠지만, 생방송으로 방송이 진행된다면 아무래도 대략적인 대본 외의 디테일한 부분은 출연자들의 기량에 따라 결정될 겁니다. 형식상 서면 준비를 할 수 있도록 방송에서 진행될 사건들의 대략적인 개요는 미리 알려드릴 생각입니다만."

한마디로 방송에서 활약하는 모습을 보이고 싶거든 혼자의 힘으로 해내라는 말이나 다름없었다. 녹화방송을 선택하겠다면 도움을 주겠지만 생방송의 경우에는 다르다는 것을 완곡히 돌려 말하고 있는 것이리라.

"그런데 법률 프로그램이라……. '대국민 퀴즈 쇼'의 대항마로 MBS 방송국에서 꺼낸 카드가 법률 프로그램이라니 왠지 조금 당황스럽네요."

"……."

"'대국민 퀴즈 쇼'를 비롯해서 타 지상파 인기 프로그램들을 시청률로 압도적으로 이기기 위해선 다른 오락 프로그램이 나을 것 같은데 말이죠. 혹시 애초에 제가 출연할 거라는 것을 계획에 두시고 기획하신 건 아닙니까?"

대남의 말에 당혹스러운 도 PD였다. 속내를 들킨 것 같아 등 뒤로 식은땀을 흘리는 자신을 앞에 두고 서글서글하게 웃고 있는 대남의 모습은 건방져 보인다기보다 스산해 보였다.

대남은 말을 잇지 못하는 도 PD를 향해 짧게 고개를 끄덕여 보이고는 입을 열었다.

"대충 예상은 했습니다. 갑자기 학과장님이 제게 MBS 방송국 출연을 제안한 것도 의아했는데 이번에 기획된 프로그램의 주제가 법률이라니, 너무 딱 맞아떨어지지 않습니까."

"……."

"그래서 처음에는 출연에 대해 부정적으로 생각했습니다. 방송국 간의 시청률 경쟁의 도구로 쓰이다 결국 단물이 다 빠지면 헌신짝처럼 버려질 게 뻔한데, 제 시간까지 낭비해 가면서 왜 그런 짓을 하겠습니까."

"오해입니다. 대중이 대남 씨의 모습을 바랍니다. 아실지는 모르겠으나 '대국민 퀴즈 쇼' 이후에도 대남 씨가 각종 프로그램에 출연자로 방송에 나와줬으면 좋겠다는 전화가 저희 MBS 방송국에 많이 걸려왔습니다. 물론 타 방송국도 마찬가지일 거고요. 어떻게 보면 대남 씨는 이제 거의 준연예인급이 아닙니까. 그만큼 대중에게 인기 있는 인물이죠. 이런 열렬한 성원에 보답해 주는 게 대남 씨 이미지에도 좋다고 생각해서 제안하는 겁니다."

도 PD의 말마따나 대남이 '대국민 퀴즈 쇼'를 출연한 뒤 그 인기는 하늘 높은 줄 모르고 치솟았다. 천재적인 활약을 보여준 덕분에 가히 센세이션을 일으킬 만큼 그 반향은 거셌다. 하지만 대남은 고개를 저어 보이며 입을 열었다.

"도 PD님, 저는 앞으로 방송계에서 일할 사람도 아닌데 인기가 있어서 뭣하겠습니까."

"그, 그게……."

"그리고 도 PD님의 말씀대로 애초에 대중의 관심에 보답하기 위해서라면 KBC 방송국에 재출연하는 게 낫지 않겠습니까?"

"……!"

KBC 방송국에 재출연하면 되지 않겠냐는 대남의 말에 도 PD는 벼락이라도 맞은 것처럼 낯빛이 새까맣게 타들어 갔다.

이미 교양국장과 예능국장에게 어떻게 해서든 '김대남'을 구워삶아 먹고 오겠다고 장담하고 왔는데 오히려 KBC 방송국에 빼앗기게 된다면, 그야말로 죽 쒀서 개 주는 격이나 다름없었다.

"물론 저도 MBS 방송국에 출연하고 싶지 않은 것은 아닙니다. PD님께서 저를 위해 프로그램을 기획했다는 것을 모르지 않는데 어떻게 출연을 고사할 수가 있겠습니까. 하지만."

대남의 말 한 마디 한 마디에 속이 바짝바짝 타들어 가는 도 PD였다. 국장들의 전폭적인 지원을 받아내어 법률 프로그램을 기획하고 김대남이라는 흥행이 보장된 캐릭터를 반드시 섭외하리라 다짐했었는데, 앞에 앉은 젊은 청년의 말 하나에 자신의 생살여탈권(生殺與奪權)이 달린 것이나 진배없었다.

도 PD의 입술이 가뭄이라도 일어난 양 말라갈 무렵, 대남이 입을 열었다.

"제 조건을 들어주지 않으신다면 저 또한 출연에 대해서는 긍정적으로 말씀드리기 힘들겠군요."

"조건이라고요……?"

"별것 아닙니다. 저를 포함해서 방송에 출연하는 패널들이 전부 사전에 사건과 관련한 서면조사를 할 수 없게 사건 주제를 밝히지 마십시오. 그 정도면 되겠습니다. 출연료야 기타 방송국에서 저에게 제안한 금액만큼 대우해 주시고요."

도 PD는 한참이나 뜸을 들이며 생각을 거듭했다. 힘든 조건이기는 했으나 들어주지 못할 정도의 조건도 아니었기 때문이다.

어차피 대남이 방송에 출연해 '대국민 퀴즈 쇼' 때와 마찬가지로 또다시 기재의 모습을 선보이거나, 아니면 현직 법조인들에게 완패를 당한다거나. 어찌 됐든 두 그림 다 이목을 끌기에는 나쁘지 않았다.

"……네, 좋습니다."

이윽고 비릿한 미소를 머금은 도 PD가 대남의 손을 마주 잡았다.

['대국민 퀴즈 쇼'의 '김대남' MBS 방송국 법률 TV 생방송 출연 확정!]

　[김대남, 그는 과연 또다시 천재적인 면모를 보여줄 것인가!]

　[불세출의 천재 '김대남' 현직 법조인들과의 한판 승부!]

　대남이 도 PD에게 방송 출연에 관한 확정을 짓자 MBS 방송국 측에선 대남을 어디에 뺏기기라도 할까, 연신 언론을 이용해 대서특필했다.

　'대국민 퀴즈 쇼' 이후로 대남의 방송 출연을 고대했던 대중에게 있어선 그야말로 특종이나 다름없었다.

　"대남아, 이 기사 진짜냐."

　아버지는 염려스러운 듯 물었다. 일전에 방송국 관계자가 금양출판을 찾아왔었다는 사실을 알고는 있었지만 단순한 인터뷰 때문인 줄 알았다. 한데 또 다른 방송 출연이라니.

　"저도 기사가 이렇게 빨리 날 줄은 몰랐어요. MBS 측에서 저와 협의를 나눈 것은 사실이에요."

　"방송국 사람들이 널 또 어떻게 이용해 먹을 줄 알고 거길 나가겠다는 거냐."

　아버지의 물음에 대남은 입가에 미소를 띤 채 반문했다.

　"아버지, 제가 '대국민 퀴즈 쇼'를 나가게 되어서 결과적으로 어떻게 됐죠?"

"음, 생각보다 나쁘지 않았지. 아니, 오히려 이득이었지. 금
양출판이 광고 촬영을 하게 된 것도 다 네 덕이었을 테고 너에
게도 개인적으로 섭외 요청이 많이 들어오지 않았니."

대남은 걱정하시는 아버지를 향해 짧게 고개를 끄덕여 보이
며 말했다.

"이번에도 아마 그럴 거예요."

다음 날, 한국대학교 법학관 앞은 다시금 대남이 방송에 출
연할 거라는 기사 때문에 말이 많았다.

대남이 강의를 듣기 위해 강의동을 지나갈 때면 후배들이
너 나 할 것 없이 응원의 메시지를 보냈다.

"선배, 이번에는 변호사들하고 붙는다면서요?"

"꼭 이길 거예요!"

법률 프로그램에 나가 사건에 관해 토론을 나누는 것이 사
람들에게는 '대국민 퀴즈 쇼' 때처럼 문제를 풀거나, 치열한 경
쟁을 이루는 것처럼 비쳤는지 엉겁결에 콜롬세움에 나가는 검
투사처럼 한국대학교 법학도의 명예를 안고 방송에 진출하게
생겼다.

"대남 군, 이번에 법률 프로그램에 나간다는 게 사실인가?"

"예."

법학총론 강좌의 박 교수는 대남을 바라보며 걱정스러운 듯한 표정을 지어 보였다. 그것도 그럴 것이 일전에 자신 때문에 대남이 '대국민 퀴즈 쇼'를 나갔지 않은가. 이번에도 원치 않는 방송 출연이 아닐까 내심 걱정이 된 것이다.

"들리는 말로는 학과장님이 자네한테 특별히 부탁했다고 하던데……?"

"학과장님께서 부탁하신 건 맞지만, 그에 합당한 조건을 받았으니 나쁘지 않은 선택이었습니다."

학과장님이 부탁하신 일에 조건까지 걸었을 줄이야. 대남을 바라보는 박 교수의 눈동자가 흥미로움으로 물들어가기 시작했다.

"이번 법률 프로그램에 현직 변호사들도 나온다고 들었는데 괜찮겠나. 그들이 자네를 가지고 왈가왈부하지는 않을 테지만, 방송상 어떻게 흘러갈지 모르니까 말이야."

이미 '대국민 퀴즈 쇼'로 인해 KBS 방송국이 얼마나 많은 이득을 취했는지를 옆에서 똑똑히 지켜봐 온 MBS 방송국이었다. 합의하에 계약이 되어 대남이 방송 출연을 하게 되었지만, 그 과정이 쉽지 않았던 만큼 MBS 측에선 이토록 굴러 들어온 황금알을 낳는 거위를 쉽사리 놓치려 들지 않을 것이다.

"괜찮습니다."

대남의 아무렇지도 않은 대답에 박 교수는 도리어 궁금해졌다.

"정말로 괜찮겠나? 그쪽에서는 태강이라든지 대성처럼 꽤 규모가 큰 법무법인 소속 변호사들이 나올 거라고 하던데 말이야. 아무래도 생방송으로 진행된다고 하니 법무법인 측에서도 이때가 기회다 싶어서 이름을 날리려 하는 거겠지."

기업들의 성장과 함께 종로 일대에 법무법인들이 늘어나고 있던 찰나였다. 기업들과 공생 관계를 맺으며 파트너십을 유지하는 것도 중요했지만 일반인들에게 본 로펌이 얼마나 유능한 곳인지를 각인시킬 수 있는 엄청난 기회나 마찬가지였다.

그렇기에 평소 방송 출연을 꺼렸던 법조인들도 이때만큼은 생방송 출연에 관심이 기울어졌으리라.

"지금 대중은 제가 아무리 똑똑하다고 한들, 현직 법조인들한테는 안 될 거라고 생각하고 있을 겁니다. 저였어도 그렇게 생각했을 테니까요. 법률 지식이야 비슷할지 몰라도 실무 경험에서 현저히 차이가 나니 말입니다. 그런데 말입니다, 교수님."

"……."

대남의 마지막 말에 박 교수는 청각을 곤두세웠다. 자신이 김대남이라는 젊은 청년을 알게 된 지는 얼마 되지 않았지만, 그간 그가 이룩해 온 행적들을 보아온다면 하나같이 믿기지 않는 것들투성이라 과연 이번에는 그의 입에서 어떤 말이 쏟아져 나올까 궁금했던 것이다.

그 순간, 대남이 자리에서 일어나며 입을 열었다.

"이 상황에서 제가 이기면 재밌지 않겠어요?"

- 3장 -
법률전쟁(1)

보름 후, 대남은 MBS 방송국으로 발걸음을 옮겼다. 대중교통을 이용하기에는 얼굴이 알려져, 아버지의 차로 이동을 하면서 조만간에 자동차를 한 대 마련해야겠다고 생각했다.

평소에는 한국대학교와 금양출판을 제외하고는 오가는 곳이 없었기 때문에 불편을 못 느꼈었는데 확실히 자동차가 있으니 운신의 자유로움이 느껴졌다.

"어서 오세요, 대남 씨."

도강욱 PD는 방송국 본관에서 대남을 맞이했다. 생방송 촬영이 있기 전 기본적인 동선을 파악하기 위해 만난 날이라, 그의 얼굴에는 피곤한 기색과 더불어 은은한 미소가 띠어 있었다.

이윽고 도 PD를 따라 들어간 '법률전쟁' 세트장은 '대국민 퀴즈 쇼에 버금갈 정도로 규모가 컸다. 세트장에 공을 많이 들인 게 눈에 보였다.

"공을 많이 들이셨네요."

이번 법률 기획 프로그램은 MBS 상부에서도 눈여겨보고 있었다. 시사·교양국 측에서 총력을 가했다고 해도 과언이 아니었다. 대남의 말에 도 PD는 흡족한 미소를 지어 보였다.

"오늘은 간단히 동선만 파악하시고 내일 있을 생방송 예비 리허설만 한 번 해볼게요. 드라이 리허설하고 같은 맥락이니까 의상도 지금 복장 그대로 하시면 되고, 대본은 따로 없으니 진행자의 멘트에 따라 입장하는 연습만 할 겁니다. 일단 다른 변호사님들하고 인사도 하셔야 할 테니……. 성욱아, 대남 씨 대기실로 일단 모셔다드려라."

도 PD는 자연스럽게 조연출을 불러 대남을 대기실로 안내시켰다. 곧이어 출연자 대기실에 도착하니 대남을 제외하고도 두 명의 남자가 먼저 와 있었다.

그들은 대남이 문을 열고 방에 들어갔음에도 인사말을 건네는커녕 안경으로 가려진 눈동자를 게슴츠레 뜨고는 한 번 훑어보는 게 다였다.

"반갑습니다, 김대남입니다."

"……그래, 반가워요. 고지철이라고 합니다. 이번에 32회 사법 고시 수석으로 패스했다면서요? 나도 과거에 수석으로 합격했는데 말이에요. 이렇게 요즘 한창 뜨고 있는 유명한 후배를 만나 뵙게 되니 영광스럽군요."

고지철은 태강법무법인에 소속된 변호사였다. 시니어를 목전에 둔 변호사로 국내에선 굵직한 사건을 여럿 맡아 이름난 변호사였다.

나머지 한 명은 당장 자신의 소개를 하지 않았다. 아무래도 생방송으로 진행되는 법률 프로그램에 저들이 아닌 까마득하게 어린 후배에 초점이 맞춰져 있다는 게 영 껄끄러웠나 보다.

"법학이라는 건 말이에요. 두꺼운 법학 서적을 여러 번 독파하고 암기했다고 해서 다 끝나는 게 아닙니다. 법률로 정의된 내용 외에도 세상에는 기상천외한 사건들이 숱하게 벌어지니 말입니다. 대남 군은 실무에서 그런 경험을 한 적도 없었을뿐더러 아직 사법연수원을 입소하지도 않은 신출내기에 불과한데."

"……"

"하룻강아지 범 무서운 줄 모른다고 '대국민 퀴즈 쇼'에서 제작진과 미리 상의했던 내용으로 지식을 뽐냈기로서니 어떻게 현직 변호사들이 나오는 법률 프로그램에 나올 생각을 다 했습니까. 이걸 용감하다고 해야 할지."

고지철은 대남을 바라보며 대놓고 핀잔을 주었다. 그러자 이번에는 옆자리에 앉아 있던 또 다른 남성이 말을 맞받아쳤다.

"무식하다고 해야 하는 것이 옳은 게 아닐까요? 고 선배에게 이런 말을 꺼내는 것도 죄송스럽지만 저희 경력에 아직 사법연수원 수료증도 받지 못한 법학도랑 토론을 벌이는 게 가당키나 합니까. 멘토링을 해준다면 모를까, 그렇게 생각하지 않나요, 대남 군?"

"……."

대남이 아무 말도 없이 빤히 바라만 보고 있자 남성은 짐짓 뜸을 들이다 눈을 가늘게 뜨고는 대남을 노려봤다.

"참, 난 지동환입니다. 대서양 소속인데 시보 생활할 때나 언제 한번 마주칠지도 모르겠네요. 그건 그렇고 '대국민 퀴즈 쇼'를 봤을 때는 말수가 엄청 많은 것 같던데 말이죠. 생방송 중에도 전혀 떨지 않고 사회자와 KBC 시사·교양국 국장에게 훈수를 뒀을 정도니. 그래도 이렇게 하늘 같은 선배들을 보는 자리에는 제 분수를 찾을 줄은 아는가 봅니다. 그래, 암기 말고 또 잘하는 게 있나요?"

지동환의 말에 대남은 머리를 긁적였다. 도 PD가 꽤 강력한 법조인들을 섭외했을 줄 예상은 했었다. 그런데 이들은 대남에게 언중유골(言中有骨)이라는 표현이 어울릴 정도로, 말 한 마디 한 마디에 대남을 향한 질타가 가득 담아 말하고 있었다.

대남은 어이가 없다 못해 저도 모르게 피식 웃음이 나왔다. 그 모습에 지동환이 미간을 잔뜩 찌푸리며 심기가 불편한 표정으로 되물었다.

"뭐가 웃기죠?"

"제가 잘하는 게 또 하나 있기는 합니다. 가시를 발라내는 걸 잘합니다만……"

"……."

대남이 말에 뜸을 들이자 지동환이 대남을 뚫어져라 노려봤다. 그 모습을 담담히 받아내던 대남이 아무렇지 않은 듯 말을 뱉었다.

"말속에 있는 가시를 말이죠. 그리고 그 가시를 들어서 상대방에게 돌려주는 것도 참 잘합니다."

대남과 두 변호사의 신경전은 그렇게 리허설 내내 계속되었다.

도 PD는 오히려 이런 상황이 반가운 듯 중재하지 않았다. 오히려 좀 더 날이 서기를 바란다면 모를까.

덕분에 리허설을 진행하는 동안 세트장은 살얼음이라도 걷는 것처럼, 스태프들은 출연자들의 신경을 건드리지 않기 위해 만전을 기했다.

"죽는 줄 알았습니다. 오늘 세트장 분위기가 완전히."

"왜, 외나무다리라도 걷는 느낌이었냐."

"말도 마십쇼. PD님은 중간중간에 세트장 문제 때문에 돌아볼 곳이 많으셔서 자세히 못 느꼈겠지만 그 두 변호사님이 대남 씨를 대하는 태도가 완전 칼만 안 들었지, 철천지원수가 따로 없습니다. 어떻게 보면 대남 씨가 사법연수원을 수료하고 나면 기수 차이는 꽤 나도 그래도 후배가 되는 거 아닙니까."

조연출의 말에 도 PD는 입가에 진득한 미소를 지어 보였다. 사실 고지철과 지동환을 도 PD가 섭외한 까닭에는 복합적인 이유가 있었다. 일단 둘 다 한국대학교 출신이 아니라는 점과 시니어를 목전에 둔 변호사였으며, 방송 경험이 있다는 점이었다.

"만약에, 그럴 일은 없겠지만, 생방송 당일 김대남에게 그 변호사들이 망신이라도 당하게 된다면, 우리야 그렇다 쳐도 자기네들 법무법인에서는 얼마나 말이 많이 오가겠냐. 시니어는 달기로 예정되어 있었으니 그대로 진행하기야 하겠다만 목구멍으로 밥이나 제대로 넘어가겠어?"

[태강과 대서양, 양대 법무법인! 김대남과 맞붙다!]
[김대남 오는 23일, 유명 법무법인 베테랑 변호사들과 단판 승부.]
[MBS 방송국의 야심 찬 기획 프로그램 '법률전쟁' 그 베일을 벗다!]

이미 언론에서는 두 유명 법무법인과 대남의 대결 구도를 만들어내고 있었다. 워낙 자극적인 것을 좋아하고 이목을 끌기에 급급한 언론사들로서는 양대 법무법인과 대남이 맞붙는다는 식의 헤드라인을 적어내기에 바빴다.

대중도 그것이 과장된 것인 걸 모르지는 않았지만 '대국민 퀴즈 쇼' 때 드러난 대남의 거침없는 천재성을 또다시 기대하는 사람이 많았기 때문에 이에 대해 꽤나 흥미롭게 바라보고 있었다.

시간은 어느새 흘러, 생방송 당일이 되었다. MBS 방송국 별관 '법률전쟁'이 벌어질 세트장에는 이미 진행자를 필두로 세 명의 출연자가 앉아 있었고 뒤편으로는 방청객들이 자리하고 있었다.

"오늘 법률 프로그램으로는 방송 역사상 최초로 법률 사건을 다룰 예정입니다. 국내 유명 법무법인 소속의 변호사들과 일반인 출연자가 이에 대해 서로 토론하는 방식으로 방송 진행을 할 텐데요. 일반인 출연자로는 요즘 웬만한 연예인보다 유명한 김대남 씨가 나와주셨습니다. 사건에 대한 토론뿐만 아니라 법률과 제도 그 자체에 관한 심도 깊은 대화를 나눠보실 텐데요. 미리 한 가지 말씀드리면 본 방송에서 다뤄질 모든 자료는 출연자분들에게는 철저히 비밀리에 부쳐왔습니다. 생방송이라는 점을 감안한다면 정말 자신들이 가진 본연의 실력을 드러낼 수밖에 없을 텐데요. 과연 현직 변호사들과 김대남 씨의 대결 구도가 어떻게 이뤄질지 벌써부터 궁금해집니다!"

진행자의 말을 끝으로 하얀 조명이 세트장 안을 환하게 비쳤다.

삼각형 모양으로 서로를 마주 보게 앉아 있는 좌석에는 출연자들이 앉아 있었는데, 카메라 감독은 이때를 놓치지 않고 출연자 한 명 한 명을 줌인해서 화면에 담아내었다.

물론 가장 첫 번째는 지금 이렇게 큰 이슈를 만들어낸 대남이었다.

고지철과 지동환은 방송 출연이 처음이 아니라는 것을 보여주듯 카메라에 저들의 얼굴이 잘 나오게 온화한 미소를 지으며 바라보고 있었다. 진행자의 멘트에도 긴장한 기색 없이 대답하는 모습이 변호사라는 직책이 없었더라면 방송인이라고 해도 믿길 지경이었다.

"자, 그럼 시간을 더 끌 필요도 없겠죠. 전 국민이 관심을 가지고 있는 '법률전쟁', 그 첫 번째 문제로 생방송의 서막을 올려보도록 하겠습니다!"

진행자의 말을 끝으로 방청석에서 환호 소리가 터져 나왔다.

이윽고 상단에 마련된 대형화면을 통해 사건이 주어졌다.

짤막한 재현 동영상을 끝으로 간추려진 사건의 내용은 응급 의료법에 관한 법률적 사건을 다루고 있었다.

침묵이 감도는 가운데 먼저 말문을 연 것은 태강 소속의 변호사, 고지철이었다.

"위 사건을 살펴보면 의료인이 길을 지나다 응급 환자를 발견해 환자의 동의를 받지 못한 채 무단으로 조치를 취한 사건입니다. 안타깝지만 이번 사건의 잘못된 요지는 의사의 잘못된 처방에 있습니다. 그는 응급 환자가 어떠한 상황인지 제대로 간파하지 못하고 진료를 보았다는 것인데요. 전문 의료인이라고 일컬어지는 이들의 실수는 법정에서 간간이 모습을 비춰 왔었습니다."

곧이어 맞은편에 앉아 있던 지동환 변호사가 고지철의 말을 받아주듯 말을 이었다.

"고지철 변호사님의 말씀을 맞습니다. 저 또한 위 사건을 살펴본바 애초에 응급 환자의 상태를 제대로 파악하지 못하고 실수를 한 의료진의 과실이 없다고는 말을 못 하겠습니다. 의료인이 뜻밖의 장소에서 응급 환자를 만난 것은 예기치 못한 우연이었으나 그 과정에서 도출된 의료인의 판단은 명백한 부주의였으며, 결국 환자를 숨지게 한 중대한 과실이 되었습니다. 이 점에 관해서는 의료인이 가해자라는 점을 벗어나지 못할 것으로 보입니다."

두 변호사의 말이 이어졌지만 대남은 잠자코 이야기를 경청하기만 했다.

고지철과 지동환은 그런 대남의 모습에 입가에 슬며시 미소를 띠었다. 아무래도 본 사건에 관해 현행법상 일컬어질 수 있는 문제점을 자신들이 다 말해 버렸기에 대남이 말할 수 있는 건수는 없으리라 생각했다. 그리고 그런 생각은 비단 두 사람뿐만 아니라 진행자 또한 마찬가지였다.

"고지철 변호사와 지동환 변호사께서는 위 사건에 관해 분주히 토론을 나누고 있는 데 반해 김대남 씨의 경우에는 말씀을 아끼고 있는데 말입니다."

"아무래도 일개 법학도가 판단하기에는 벅찬 문제가 아니었겠습니까. 사법 고시를 수석으로 패스했다고는 해도 사전에 공부하지 못한 문제가 나온다면 순발력이 뒤떨어지게 마련입니다. 현장에서 실무 경험을 쌓고 법정에서 사건을 피부로 맞닿아봐야 진정한 법조인이 될 수 있겠죠."

지동환은 이때를 놓치지 않고 대남을 바라보며 말했다. 그 모습을 카메라 감독은 하나도 빠짐없이 잡아냈다. 그럼에도 대남은 아무 말도 하지 않았다. 그러자 진행자가 마지막으로 대남을 바라보며 물었다.

"대남 씨는 이번 사건에 관해서 따로 하실 말씀이 없으십니까?"

정말 그냥 똑똑한 법학도에 불과했다는 말인가, 진행자는 대남을 바라보며 그렇게 생각했다. 그것도 그럴 것이 생방송이 시작된 이후 대남은 이상하리만치 계속해서 침묵을 유지하고 있었기 때문이다.

결국 아무 말도 들려오지 않는 것에 실망감을 느낀 진행자가 다시 고개를 돌려 고지철 변호사를 바라보려는 찰나, 대남의 목소리가 들려왔다.

"앞서 사건에 관해 말씀하신 두 변호사님은 프로그램 취지와는 맞지 않는 명백한 오류를 범하고 있습니다."

"……네?"

진행자가 놀라 다시 묻자, 대남은 이번에는 정면 카메라를 똑똑히 바라보며 입을 열었다.

"저는 두 변호사님과는 생각이 다릅니다."

자, 반격의 시작이다.

대남의 말이 떨어지자마자 카메라 감독이 곧장 진행자를 비추던 카메라를 대남을 향해 돌렸다. 대남이 아무 말을 하지 않자 수군거리던 방청석도 어느샌가 쥐 죽은 듯 조용해졌다.

모두의 이목이 쏠린 가운데 대남은 천천히 말을 이었다.

"위 사건을 살펴보면 길을 지나던 의료인이 골목에 쓰러져 있는 응급 환자를 발견했고 생명의 경각에 달려 있다고 판단했습니다. 자, 그럼 여기서 법률을 따지기에 앞서 원론적으로 접근을 해보겠습니다."

"……."

대남은 고개를 돌려 방청석을 바라봤다. 추첨을 통해 뽑힌 일반인 방청객들이 마주 바라보고 있었다. 방청석들과 한 번씩 눈을 마주쳤던 대남이 다시 카메라를 향해 시선을 돌렸다.

"사경을 헤매고 있는 사람이 있는데 의료인으로서, 아니, 의료인이 아니라 의학에는 문외한인 일반인일지라도 응급 환자에 대한 정확한 상태를 모른다면 돕지 말아야 한다는 것입니까?"

대남의 말 한마디에 좌중이 침묵으로 들어찼다. 고즈넉한 침묵을 깨고 먼저 입을 뗀 것은 다름 아닌 지동환 변호사였다. 그는 눈에 보일 정도로 대남을 흘겨보며 말했다.

"대남 씨, 지금 이 자리는 법률 사건에 대한 전문적인 견해를 말하고자 만든 자리입니다. 한데 법률이 아닌 감정적인 호소를 통해 사건을 해결하려는 것이 꼭 법조인이 아니라 도덕 선생님 같군요. 법정에서는 감정과 이성을 철저히 구분해서 판단해야 하는데 아직 법학도라서 그런 세세한 부분까지는 서투른 것입니까?"

비꼬는 듯한 지동환의 말투에 긴장되기는 진행자마저 매한가지인 듯했다. 그는 대남이 마른 입술을 쓸어 보이자 이러다 방송 사고라도 날까 싶어 긴장된 기색이 역력했다.

끼어들어야 할까, 말아야 할까 고민이 되던 가운데 대남이 입꼬리를 말아 올렸다.

"지동환 변호사께서는 단단히 착각하고 계시는 것 같습니다. 이번 MBS 방송국에서 기획한 법률 프로그램은 전문적인 법조인들이 출연해 법률 사건에 대한 토론을 나누는 자리이기도 하지만 형식적인 의미의 법률이 아닌 실질적인 법률, 즉 법에 대한 해석을 논하는 자리이기도 합니다."

"……"

"본 사건에서는 의료인과 응급 환자 간 원고와 피고를 나누는 게 쟁점이 될 것이 아니라, 응급 의료에 대한 현행법이 정말 제대로 작동하고 있는지부터 알아봐야 하는 게 정상 아닐까요? 그런 점에서 지동환 변호사께서는 너무 법정 형식에 얽매여 토론을 나누는 것 같아 안타깝습니다."

대남의 말이 끝나자 지동환 변호사의 안색이 눈에 띄게 안 좋아졌다. 방청석은 이미 대남의 말에 동조를 표하고 있었고 카메라 감독은 그 틈을 놓치지 않고 방청객들의 반응을 방송에 송출했다.

한편, 그 모든 광경을 생생히 지켜보고 있던 도 PD는 주먹을 움켜쥐어 보였다.

'역시……!'

대중은 작금의 '김대남'을 가리켜 타고난 천재라고들 말하곤

한다. 그에 대한 관심도는 '대국민 퀴즈 쇼'를 기점으로 장작불이 타오르듯 점점 거세어지고 있었다.

꺼지지 않는 장작불을 마주하기로 한 듯 도 PD는 김대남을 완벽히 이용해 낼 생각이었다.

프로그램 초반 부분 대남이 아무 말도 없이 침묵을 유지하자 일순 자신의 판단이 틀린 것인가 땀이 흐르기도 했었다. 하지만 역시 옳은 선택이었다.

"자, 그럼 이제 고지철 변호사께 묻겠습니다."

그 순간, 도 PD의 그런 기대에 부응하기라도 하듯 대남이 말의 운을 띄웠다.

한국대학교 박 교수의 방.

"김대남이라는 제자가 자네가 그렇게 칭찬을 해줄 정도인가?"

박 교수의 오래된 지기인 서도원은 흔히들 말하는 나는 새도 떨어뜨린다는 안기부 출신의 중앙 수사부 1과 부부장검사(3급)다.

박 교수 또한 대검찰청에 계속해서 남아 있었다면 서도원과 같은 라인을 탔을 수도 있었겠지만, 성역 없는 수사를 핑계로 상부의 하달을 받아 지목 수사를 하는 게 성미에 맞지 않았다.

"도원이, 자네가 보기엔 어떤가."

"'대국민 퀴즈 쇼'를 보았을 때 그 친구를 처음 알았지. 수사관이 그러더라고, 몇 년 안에 검찰청에 엄청난 놈이 들어올지도 모른다고 말이야."

"허허, 그랬단 말이지. 근데 다른 사람들이 백날 떠들어 봐야 뭐하겠나. 본인이 법조계에 뜻이 없는데……."

박 교수의 말에 서도원은 담뱃갑에서 담배를 꺼내 입에 꼬나물고는 말을 이었다.

"그건 중요하지 않지. 자네도 알지 않는가, 요즘 같은 시대에 검찰에 어떤 놈들이 들어오는지를."

"……."

"정의감에 가득 차 있는 놈이거나, 야망으로 점철되어 있는 놈. 둘 중 하나지."

범죄와의 전쟁이 선포되고 검찰의 힘은 점차 막강해져 갔다. 공권력의 강화와 함께 검찰이 추구하는 正義(정의)가 곧 국가 발전의 시발점이 되고 진리가 되어가는 세상이었다.

아직 검찰 내부조차 5공 청산이 제대로 이뤄지지 않은 시점이었고 작년 임기제로 검찰총장이 바뀐 이래 그 힘은 주저할 기세를 모르고 무소불위의 권력을 행사하고 있었다.

"그런데 이번에 토론 상대자가 고지철이구만."

"아는 사람인가?"

서도원은 TV를 바라보며 눈을 가늘게 떴다. 그의 시선에 닿은 곳에는 정장 차림으로 대남에게 날카로운 질타를 가하는 고지철의 얼굴이 있었다.

"내 밑에 있다가 뇌물 수수를 한 것이 탄로 나 옷을 벗은 놈이지. 장인이 정치권에서 꽤 힘을 쓰는 양반이라 그런지 불명예스럽게 옷을 벗고도 곧장 태강으로 들어갔다는 소리를 듣기는 했지만 말이야……. 하필 상대가 저놈이라니, 자네 제자가 꽤나 고역이겠어."

"왜 그런가……?"

서도원은 과거를 생각하듯 짐짓 눈을 감았다 떠 보이고는 말했다.

"저놈 별명이 자라야."

자라라니, 박 교수의 머릿속에는 고지철 변호사와 자라의 모습이 번갈아가며 떠올랐다.

깔끔한 정장 차림에 온화해 보이는 미소를 지닌 고지철이 긴 목을 자랑하는 자라의 별명을 가지고 있다라.

그 의문을 풀어주려는 듯 서도원이 자세를 고쳐 앉고는 말을 이었다.

"평소에는 온화한 미소로 일관하지. 하지만 자신의 영역에 들어온 건 절대 물고 놓아주질 않아. 검찰 때도 그랬어. 그런데 그게 범법자들에게 정의로운 철퇴 역할을 해주면 좋으련만 공공(公共)을 위한 것이 아닌 자신의 물욕을 위해 행사하니까 문제가 되었지. 그리고 결정적으로 고지철이 아가리에서는 말이야, 지독한 악취가 나."

"……."

서도원의 말에 그제야 고지철 변호사의 모습이 달리 보이는 박 교수였다.

대남이 다른 변호사의 말은 잘 받아쳤지만 고지철에게는 어떠한 자세를 취할까 궁금해하던 순간, TV 속 대남이 고지철을 바라보며 말했다.

그 광경을 지켜보던 서도원이 화면 쪽으로 자세를 앞당기고는 말했다.

"자, 그럼 자네 제자가 자라한테 잡아먹힐지, 아니면 자라 아가리를 찢어놓을지 한번 두고 봐야겠군. 이제부터가 시작일세."

"자, 그럼 이제 고지철 변호사께 묻겠습니다."

대남의 갑작스러운 물음에 카메라가 서둘러 고지철의 모습을 클로즈업했다. 그는 앞서 지동환 변호사가 대남에게 질책을 가하다 도리어 당하는 모습을 봤음에도 당황하는 기색이 하나도 없어 보였다.

"고지철 변호사께서는 위 사건과 같은 응급 의료법에 관련된 의료사고를 법정에서 빈번하게 보았다고 말씀하셨는데 말입니다. 그때마다 법원의 판결은 어떻게 났는지 말씀해 주실 수 있으십니까."

"대부분의 판결은 의료인의 잘못된 처방을 원인으로 꼽아 벌금형으로 약식기소가 되었지만 환자의 상태가 위중하고, 만약 위 사건처럼 의료인의 과실로 인해 죽음을 면치 못했다면 유족들이 의료인에게 형사소송과 더불어 민사소송까지 제기하는 경우도 부지기수였죠. 그보다 대남 씨는 지금 말도 안 되는 억지를 부리고 있다는 것을 아십니까."

고지철의 말에 장내가 술렁였다. 이쯤 되면 진행자가 나설 법도 하건만 진행자는 둘 사이에 흐르는 기류를 느끼며 입을 다물고 있었다. 굳이 이 자리에서 자신이 나서봐야 결국에는 시청자들의 뭇매를 맞을 게 뻔했기 때문이다.

도 PD 또한 상황이 흥미진진하게 흘러가자 오히려 진행자가 침묵을 지키는 것이 낫겠다는 생각이었다.

"대남 씨의 말대로라면 지금 이 자리에 있는 모두가 잠재적인 범법자의 신분입니다. 법과 도덕은 동일 선상에 놓일 수가 없습니다. 만약 법적으로 응급 환자에 대한 처치를 그 누가 아무렇게나 해줘도 상관이 없다면 잘못된 마음을 품고 환자를 죽이는 사건이 발생할 수도 있습니다. 여태까지 법조인들이 그 점을 몰랐을까요? 하나만 알고, 둘은 모르는 법학도의 시선으로서는 그 점을 간파할 수가 없었겠죠."

고지철은 승기를 잡았다는 듯이 이번에는 대남을 노려보며 되물었다.

"그럼 이제 제가 묻겠습니다. 김대남 씨. 당신은 냉철하게 법학을 공부하는 사람입니까, 아니면 감정에 호소하고 도덕이라는 허울 좋은 말로 사람들을 현혹시키는 사기꾼입니까. 당신 같은 사상을 가진 사람이 법조계에 들어오면 큰 문제를 일으키진 않을까 진심으로 염려되는군요. 안 그렇습니까, 시청자 여러분."

고지철의 말만 들어보면 다소 감정이 격앙된 사람이 내뱉는 내용과 다를 게 없었지만 그의 표정은 방송 초반이나 지금이나 별반 다르지가 않았다. 하나 대남은 이번에도 당황하는 기색 없이 대답했다.

"외세에 침범을 당한 숱한 왕들이 그러했고, 자신을 돌아보지 못한 정치가들이 항상 내뱉는 말입니다. 상대방의 주장에 이중법론적인 프레임을 씌워 자신에게는 항상 도피처를 만드는 방법이지요. 제가 말하고자 하는 내용은 현행법상 응급 의료를 실행한 자는 환자가 잘못될 경우 법적 구제를 받을 수 없다는 것입니다."

"……"

"프랑스에서 규정되어 실행되고 있는 선한 사마리아인법과 같은 위기에 처한 사람을 구하지 않으면 죄가 되는 사람의 도덕성을 법으로 옭아매려는 제도를 만들자는 게 아닙니다. 판례를 살펴보면 응급 의료와 관련한 여러 가지 사건들이 있습니다. 불과 일 년 전, 반백의 의사가 가족들과 계곡에 피서를 갔다 심장 발작을 일으킨 젊은 청년에게 심폐소생술을 하며 가슴을 압박하다 청년의 갈비뼈가 부러져 오히려 폐를 찌르게 되는 사고가 생겼습니다."

대남은 고개를 돌려 정면 카메라를 바라보며 시청자들에게 말하듯 말을 이었다.

"청년은 당시 계곡을 찾았던 의사 덕분에 목숨을 건졌지만 갈비뼈가 부러지고 폐가 찢어진 점을 들어 의사에게 거액의 육체적, 정신적 배상을 청구했습니다. 본래 심폐소생술을 하다 보면 갈비뼈가 부러지는 경우가 허다함에도 법원 측에서는 청년이 심폐소생술 도중 거부 의사를 밝혔다며 청년의 손을 들어주었습니다. 이 같은 수많은 사건 중 한 가지 판례를 보더라도 응급 의료에 관한 현행법이 얼마나 잘못되고 무지한 것인지를 알 수가 있습니다."

대남은 다시 고지철을 바라보았다. 고지철은 대남의 말이 계속될수록 온화한 미소가 지워지고 심기가 불편한 듯 볼가가 실룩이는 게 눈에 보였다.

"물에서 건져줬더니 보따리를 내놓으라는 말이 괜히 있는 말이 아닙니다. 이 때문에 의료인을 비롯한 일반인들은 생명이 경각에 달린 사람을 보더라도 외면하게 되고 병원 측에서도 응급 환자에 대한 기피 풍조가 생겨나는 것입니다."

"……."

"정말 응급 환자에 대한 진료 시 면책 조건이 없는 현행법이 과연 옳은 것입니까? 만약 환자의 사망에 관해 일부 의료인의 고의성이 있었다면 그것에 대한 형법적 엄중한 죄를 물으면 되는 것이지, 응급 환자를 위하는 수많은 의료인의 처방 자체를 범법 행위로 단정 짓는다면 그게 문제가 아닐까요?"

대남의 말이 끝나자 고지철은 잠시 동안 말이 없었다. 녹록지 않은 대남의 반격에 적잖이 당황한 듯했다.

진행자는 혹여나 고지철이 감정이 격양되어 대남에게 욕지거리라도 내뱉을까 싶어 그 틈을 놓치지 않고 끼어들었다.

"자! 첫 번째 문제부터 변호사분들과 일반인 출연자 김대남 씨의 불꽃 튀는 각축전을 보았습니다. 과열된 열기를 잠깐이나마 식히면서 사건을 되돌아보는 시간을……."

"잠깐 한마디 더 해도 되겠습니까."

진행자의 말을 끊으며 대남이 손을 들어 보였다. 진행자의 목뒤로 굵은 땀방울이 흐르는 가운데 방청석을 비롯한 장내의 모든 이가 대남의 말에 집중했다. 그 탓에 진행자도 어쩔 수 없이 고개를 끄덕일 수밖에 없었다.

"고지철 변호사께 다시 한번 더 묻겠습니다. 법률과 제도는 국회에서 사람이 제정하는 것이기에 실수가 있을 수도 있습니다. 하지만 잘못된 법체계를 고치려 들지 않고 고집을 유지한 채 의견을 피력하는 당신의 사상은 과연 현재의 법조계가 바라는 상일까요?"

대남의 말에 고지철의 표정이 왈칵 일그러졌다. 짧은 순간 이었지만 카메라 감독은 고지철을 예의 주시하다 곧장 그 모습을 카메라 속에 담아내었다. 하지만 그것으로 끝이 아니었다.

"고인 물은 썩는다는 말이 있습니다. 제가 보기엔 고지철 변호사께서도 한 자리에 너무 오래 머물러 있지 않았나 싶습니다."

대남의 마지막 말로 인해 고지철의 미간이 거세게 찌푸려진 가운데, 진행자는 몸 둘 바를 모르고 있었다.

MBS 공채 아나운서로 발탁되어 타 방송국에서 성황리에 진행 중인 '대국민 퀴즈 쇼'와 버금가는 법률 프로그램을 맡았을 때는 하늘을 노니는 기분이었는데 작금의 심정으론 쥐구멍에라도 숨고 싶은 마음이다.

"거, 김대남 씨, 말이 조금 심하십니다. 아무리 그래도 까마득한 법조계 선배인데 이런 공적인 자리에서 그런 언행은 무례하군요. 찬물도 위아래가 있지, 사법연수원 기수로 따져보나 법학을 수학한 시간으로 보나 엄연히 차이가 나는데 지금 어디서 막말입니까!"

일순 아무 말 없이 앉아 있던 지동환 변호사가 대남을 노려보며 소리쳤다. 장내의 분위기가 초반보다 다소 격양되자 도 PD 또한 그제야 손바닥에 진땀이 나기 시작했다. 하지만 그의 입가에는 여전히 미소가 띠어 있었다.

'그래…… 그래, 바로 이거다……!'

시청률이 올라가는 소리가 들린다면 아마 도 PD의 귓가엔 지금 요동이 치고 있을 터였다. 그만큼 방송은 파격적이었다.

법률이라는 어떻게 보면 심심하고 고리타분한 주제를 가지고 논리로 무장한 변호사들이 단 한 명의 일반인 출연자로 인해 흥분하고 있는 상황이니.

'그리고 그 출연자가 바로 김대남이지……!'

애초에 김대남이라는 이름 석 자에 담긴 대중의 관심과 기대감 속에서 시작된 생방송이었기에 도 PD는 지금 자기 자신을 칭찬하고 있었다.

방송 사고 수준의 문제만 생기지 않는다면 대박은 떼어 놓은 당상이었고 차기 승진 또한 노려볼 수 있는 건수였다.

"지금 자네의 그 말은 현행 응급 의료법에 관한 체계를 완전히 바꿔야 한다는 말 같은데, 그렇담 국회에서 제정한 응급 의료법이 잘못된 법이란 말인가?"

고지철은 초기의 모습과는 상반되어 보일 정도로 심경의 변화가 있어 보였다. 방송임을 자각하지 못한 채 순간 평어를 써 버리며 말했지만, 그것이 놀랍기는커녕 오히려 그게 당연하다고 느껴질 정도로 감정이 상기되었음을 느낄 수 있었다.

"사람은 언제나 착각과 오류의 반복 속에서 살아가게 마련입니다. 제가 조금 전에 말하지 않았습니까. 실수로 비롯된 법체계의 문제점을 바꾸지 않으려 드는 일부의 문제라고 말입니다. 고지철 변호사께서는 관심이 없어서 아실지는 모르겠으나 응급 의료법에 관한 국회 분쟁은 수해 전 불거졌던 문제입니다."

"……."

"응급 의료법에 관한 처벌 규정을 두고 의사 출신의 의원들과 율사(律士) 출신의 의원들이 국회보사위에서 논쟁을 벌였습니다만 아직까지 명쾌한 해답이 내려지지 않은 지지부진한 상태입니다. 물론 모든 율사 출신의 의원들이 의사 출신 의원들의 말에 반대를 표한 것은 아닙니다만 결국 의료법 개정은 무산되고 말았습니다."

"지금 법조계 출신 의원들이 허황된 주장을 뒷받침하는 탁상공론이라도 펼쳤다는 말인가."

"그렇게 말한 적은 없습니다. 응급 의료법을 현장에서 체험했던 의사 출신의 의원들이 했던 주장이 좀 더 신빙성 있고 실현성 있지 않나 하는 말인 겁니다. 만약 이걸 두고 율사 출신 의원들이 탁상공론을 펼쳤다고 생각하신다면 아마 고지철 변호사께서 암중에 그리 생각하신 게 아닌가 싶을 따름입니다."

고지철은 쉽사리 대답할 수가 없었다. 본인의 장인 또한 현재 의원직에 머물러 있었고 이 방송을 보고 있을 터였다.

마음 같아서야 지금 당장 자리에서 일어나 눈앞에 있는 애송이에게 욕지거리를 내뱉고야 싶었지만 생방송이라는 점에 정신을 차릴 수가 있었다.

"고지철 변호사께서는 생각할 시간이 필요하신 것 같군요. 그럼 지동환 변호사께서는 어떻게 생각하십니까? 조금 전 말씀을 끝으로 일언반구 이렇다 할 말씀이 없으신데 지금 제 모습이 버르장머리가 없어 보이십니까? 한데 애초에 토론이라 함은 상대방의 사회적 지위를 막론하고 개인적인 견해를 말하는 것이 아닌가요. 혹 지동환 변호사께서는 이곳을 소속 법무법인쯤으로 생각하시는 건 아니겠죠?"

"……아닙니다. 전 그냥 김대남 씨가 말이 좀 과한 것 같아 제지했을 뿐입니다. 그런데 말이죠. 제작진 측에서는 모든 출연자에게 사전에 문제를 오픈하지 않았다고 하는데 김대남 씨는 어떻게 해당 문제에 대한 해답과 판례, 그리고 기타 자질구레한 것까지 알고 있는 것입니까. 여기에 대해 좀 의심스러운 생각이 드는군요."

지동환은 짐짓 뜸을 들이다가 혀끝에 잔뜩 힘을 준 채로 말했다. 아무래도 경험 있는 두 변호사가 사법 고시를 통과했다고는 하나, 풋내기라 할 수 있는 법학도에게 법률 문제로써 밀리는 꼴이 영 믿기지 않는 눈치다. 그리고 그 의혹은 곧장 대남과 제작진을 향했다.

"아직 제 나이가 이십 대이기는 하나, 어려서부터 아버지를 따라 신문을 하루도 빠짐없이 봤고 여러 법학 서적들을 취미 삼아 읽어왔습니다. 현행법에 관해서도 항상 찾아보고 있고 말입니다. 학생의 신분으로도 이렇게 끊임없이 공부를 하고 있는데 법조인이신 지동환 변호사께서는 어떠신지 모르겠습니다."

"……그, 그랬다고 하기에는 너무 잘 알고 있지 않습니까. 해묵은 기억을 서랍장 열듯이 집어내기라도 한다는 말입니까!"

"음, 지동환 변호사께서는 '대국민 퀴즈 쇼'를 보지 않은 모양입니다."

대남은 곤란하다는 듯이 머리를 긁적여 보이고는 다시 지동환을 바라보며 말했다.

"저는 기억력이 상당히 좋습니다."

- 4장 -
법률전쟁(2)

"지금 생방송으로 진행되고 있는 본 MBS 세트장의 열기는 말로 형용할 수 없을 정도로 뜨겁습니다. 시청자 여러분도 느끼셨으리라 믿습니다. 첫 번째 문제부터 신경전이 엄청난데요. 오늘 프로그램의 주제는 법률에 관한 토론을 나누는 것입니다. 출연자분들 모두가 각자의 역할에 충실한 현재, 이제 두 번째 문제로 넘어가 보겠습니다!"

첫 번째 문제를 넘기고 이제야 두 번째 문제로 넘어가는 순간이었지만 진행자의 이마에는 송골송골 비지땀이 맺혀 있었다.

카메라 감독 또한 손에 땀을 쥔 채로 영상을 담고 있었다. 법률 프로그램이라 생각해서 진취적이고 정적인 분위기를 생각했다면 오산이었다. 과거 복싱 경기의 부흥을 담아냈던 카메라맨들의 손놀림만큼이나 감독의 손은 출연자들의 얼굴을 하나하나를 잡아내기에 바삐 움직였다.

"자, 그럼 두 번째 문제 공개하겠습니다!"

진행자의 말이 끝남과 동시에 대형화면으로 두 번째 문제가 공개되었다. 하지만 화면을 본 이들의 머리 위로 의문이 피어올랐다.

법률 사건을 다룰 줄 알았던 화면에는 〈사회적 소외 계층〉이라는 키워드만이 쓰여 있었다. 이윽고 그 의문을 해소해 주려는 듯 진행자가 입을 열었다.

"두 번째 문제를 보고 방청객분들뿐만 아니라 출연자분들까지도 의아하실 거라 생각됩니다. 이번 문제는 위 화면에서 보인 사회적 소외 계층에 관해 현재 사회에서 시행되고 있는 법률적 제도 혹은 정책의 긍정적 영향 및 보완점을 논해주시면 됩니다!"

고지철과 지동환은 고민을 거듭하는 표정이었다. 예상외의 문제였기 때문이다. 법률적인 형사적, 민사적 사건을 두고 전문가적 시선에서 해답을 내리는 문제가 나올 줄 알았건만, 이런 형식의 문제가 나올 줄이야.

하지만 둘은 곧이어 문제가 없다는 듯이 입가에 미소를 지어 보였다.

'똑같으면 재미없지.'

도 PD는 이번 기획에 사활을 걸었다고 해도 과언이 아니다. 그렇기에 초장부터 대중의 이목이 쏠릴 수 있게, 보다 많은 콘텐츠를 준비하는 것이 중요했다.

더군다나 첫 번째 문제는 몰라도 두 번째 문제는 대남이 두 변호사에게 호되게 혼나는 모습을 노리고 구성한 것이나 다름없었다.

'과거 고지철과 지동환은 각 법무법인에서 대외용 이미지를 위해 법률 사각지대에서 무료 상담까지 했으니 말이야.'

태강과 대서양 법무법인은 양대 산맥이라 불릴 정도로 이름난 곳이었고, 각 법무법인의 시니어를 달기 위해서는 관문처럼 사회봉사가 필요했다.

돈이 되는 일은 아니었지만 차후 법조계 출신의 정관계(政官界) 노선을 타기 위해선 고향에서의 선전용 이미지는 필수적이었다.

"현행법 제도상으로 국가에서 운영을 잘하고 있다고 저는 생각합니다. 과도한 경제성장으로 인한 뼈아픈 과거가 있지만 현 정부에선 특수 아동들을 위해 특수학교 신설 계획을 예년에 비해 100%로 증가시켰으며, 노령 인구가 급증하는 이때 노인복지를 위해 법률 개정과 더불어 노인복지 기관 확립을 율사 출신의 의원들이 추진하고 있는 것으로 알고 있습니다. 대한민국의 정의는 살아 있고 현 정부는 국민의 생활 보장을 위

해 각고(刻苦)의 노력을 하는 중이라는 것을 국민 여러분께서
알아주셨으면 하는 생각입니다."

고지철이 먼저 운을 띄우자 지동환 역시 입가에 미소를 머
금은 채 뒤이어 말했다.

"고지철 변호사의 말씀이 맞습니다. 저 또한 법률 사각지대
라 일컬어지는 노약자들과 사회 소외 계층에 대한 법률 상담
을 여럿 했었는데 사회적인 보장 제도보다는 주변 사람들의
관심을 더 필요로 했습니다. 이미 정부에선 주택 보급률을 높
이기 위해 소형 주택 중심 건설 정책을 펼치고 있으며 국민의
최저 생활을 보장하기 위해 적금 형식의 현행 국민연금을 발전
시켜 일정 금액을 더 얹어주는 국민 기초 연금 제도를 도입하
기 위해 준비 중으로 알고 있습니다. 이처럼 정부가 최선을 다
해 발 벗고 나서주고 있는 이때, 사회 소외 계층과 실질적으로
가까이 있는 우리도 함께 관심을 기울이고 따뜻한 말 한마디
를 더 건네는 게 풍족한 사회가 되는 지름길이 아닐까 싶습니
다."

둘은 위 사건을 토대로 대남을 공격하기보다는 시청자들의
마음을 사로잡기로 택했다.

고지철과 지동환이 마치 공조하듯 정면 카메라를 바라보며
동시에 미소를 지었다. 때문에 법률적 제도를 논하는 자리가
아닌 마치 지역구 의원의 유세 현장을 보는 듯한 착각이 들 정

도였다.

"따뜻한 말 한마디를 더 건네는 게 풍족한 사회가 되는 지름길이라, 지금 국민에게 책임을 전가하는 말을 하고 계시다는 것을 인지하고 계십니까. 지동환 변호사."

"그게 무슨 말입니까!"

"법률 사각지대에 있는 사회적 소외 계층들을 만나 직접 법률 상담을 나누셨다고 하는데 제가 보기에 영 미덥지가 않아서 그렇습니다. 정부의 대책이 나쁘다고 말하는 게 아닙니다. 하지만 지금 이뤄지고 있는 법률 제도상으로는 하루하루가 힘든 이들에겐 구제 방법조차 될 수 없는 현실을 아십니까? 막말로 서울 외곽의 달동네를 가보십시오. 국가유공자이거나 과거 나라를 위해 이바지했던 독립운동가의 후손들이 허물어져가는 벽에 기대어 살아가고 있는 실정입니다. 그런데 지금 상황에서 국가가 최선을 다했다니요. 최선의 뜻을 모르시는 것입니까?"

대남의 말에 지동환은 입을 다물 수밖에 없었다. 사실 무료 법률 상담을 나갔을 때도 저보다 직급이 낮은 고용 변호사들에게 일 처리를 떠맡겼었다. 빈곤 계층과 얼굴을 터봐야 뭣하겠는가, 사회봉사를 했다는 의미가 중요하지. 대남은 마치 그런 지동환의 과거를 꿰뚫어 보듯 질타를 가하고는 곧장 고지철을 바라봤다.

"고지철 변호사께서는 좀 전에 이렇게 말씀하셨지요. 특수 아동을 위해 정부에선 특수학교 설립을 예년에 비해 100% 증가시켰으며, 독거 노령 인구가 급증하는 이때 노인복지 기관 설립과 법률 개정을 추진 중에 있다고 말입니다."

"……."

"현재 30년이 넘도록 묵은 생활보호법은 빈민층만을 양산하고 있으며 지역과 가구별 빈곤 차이를 무시할뿐더러 생활보호자 선정 기준과 보호 수준 또한 과거와 같이 획일적이라 공적부조 제도의 문제점을 일컫는 말들이 많습니다. 더불어 고지철 변호사가 말한 특수학교 설립이 예년에 비해 100% 증가했다는 것도 과거 전국구에 걸쳐 일 년에 1개가 설립될까 말까 한 특수학교 설립을 최대 2개까지 늘리고자 말만 나온 것이며, 율사 출신의 의원들이 노인복지 법률 개정에 힘을 쓰고 있다고는 했으나 애당초 노인복지에 관한 법률적 제도는 제대로 구비조차 되어 있지 않습니다."

대남은 고개를 돌려 방청석을 한 번 훑어보며 입을 열었다.

"저는 현 정부가 잘못된 답습을 하고 있다고만은 생각하지 않습니다. 분명 과거보다는 더욱 발전했으며 국민을 위해 각처의 정관계 인사들이 노력하고 있다고 믿고 있습니다. 하지만 노력을 하는 것과 실질적으로 변화를 일으키는 것은 천지 차이입니다. 그리고 그것을 가능케 하는 것은 바로 국민의 시선과 따끔한 조언이 아니겠습니까."

카메라 감독은 그 장면을 놓치지 않았다. 카메라 속에 담긴 대남은 방청객들을 향했던 시선을 돌려 다시 맞은편에 앉아 있는 고지철을 바라봤다.

그 모습은 가히 일개 법학도가 아니었다. 대남은 자신을 노려보며 이맛살을 찌푸리는 고지철을 향해 말 한 마디 한 마디에 힘을 실어 말했다.

"세상은 말입니다. 변화를 하려면 그만한 진통을 겪어야 한다는 것을, 우리는 독립운동가분들의 투쟁을 시작으로 민주화 항쟁의 열기를 피부로 체감하며 배워왔습니다. 그럼 고지철 변호사께 묻겠습니다. 잘못된 점이 있으면 바로잡으려 들지 않고 제 눈 가리고 아웅 하듯 선민의식을 가진 채 사람들을 속여가는 태도가 과연 당신이 바라는 정의인 것입니까?"

한국대학교 박 교수의 방.

TV 브라운관 속에서 대남의 말이 끝나자 박 교수가 감탄하듯 고개를 끄덕여 보였다.

'대국민 퀴즈 쇼'를 보았을 때부터 범상치 않다고 생각은 했으나, 경험 있는 변호사들을 상대로 저렇게 굽힘 없이 나갈 줄

이야. 놀라울 따름이다.

더군다나 지금의 상황을 보자면 오히려 변호사들을 압도하고 있다 봐도 과언이 아니었다.

"자네 제자가 자라 아가리를 찢어놓고 있군."

서도원이 못 믿겠다는 듯 입을 벌리며 말했다. 자신이 알고 있기로는 김대남이라는 친구는 이제 막 이십 대 초반에 불과한 나이였다.

사법 고시를 통과했다고는 하나, 연륜 있는 법조인이 보기엔 이제 막 걸음마를 뗀 애송이로 보일 뿐이었다.

요즘 신입 검사들이 법정에 서서 서면을 보면서도 말을 더듬는 꼴을 보자면 화딱지가 날 판국인데, 생방송에서 저렇게 가감 없이 말하다니. 어떤 교육을 받았기에 저럴 수 있을까 의문이 들었다.

"정말 대단하군, 내가 한국대학교 출신이 아니라서 잘은 모르겠는데 말이야. 도대체 어떤 교육을 받아야 저런 학생이 탄생하는 것인가."

물론 대남과 같은 지식과 언행을 구사하려면 타고나야 한다는 점을 서도원 또한 알고 있었지만, 그래도 궁금했다. 도대체 한국대학교에서는 어떻게 저런 학생을 가르친 것일까.

"청출어람이라는 표현이 어울릴 정도로 뛰어난 이일세. 아니, 어떻게 보면 제자라고 말하는 것도 부끄럽지……."

"……왜?"

망설임 가득한 박 교수의 말에 서도원이 의문스럽게 되물었다. 자신이 알기엔 박 교수 또한 법학 지식에 관해선 국내에 버금갈 자가 없을 정도로 뛰어난 이였기 때문이다.

하지만 그런 서도원의 생각을 아는지 모르는지 박 교수가 한숨 섞인 목소리로 말했다.

"사실 딱히 가르친 게 없었어, 다 알고 있더라고."

"그럼 고지철 변호사께 묻겠습니다. 잘못된 점이 있으면 바로잡으려 들지 않고 제 눈 가리고 아웅 하듯 선민의식을 가진 채 사람들을 속여가는 태도가 과연 당신이 바라는 정의인 것입니까?"

대남의 물음에 고지철은 침묵을 유지했다. 오히려 옆자리에 앉아 있는 지동환 변호사가 어쩔 줄 몰라 하는 표정으로 고지철을 바라보다 대남을 노려보기를 반복했다.

고지철이 묵비권을 행사하듯 침묵이 계속되자 나선 것은 다름 아닌 진행자였다.

"지, 지금 장내의 분위기가 많이 가열된 관계로 잠깐 중재 시간을 가지도록 하겠습니다. 이번 문제의 경우에는 두 변호사께서 사회적 소외 계층에 관한 법률적 제도의 긍정적 측면에 대해 말씀하셨고 김대남 씨께서는 보완점을 설명하셨습니다. 정말 출연자분들 모두 박학다식한 지식에 박수를 보낼 뿐입니다."

도 PD의 입가가 씰룩였다. 대남의 거침없는 언행이 이어질수록 그의 보조개는 깊게 파여만 갔고 스태프들을 진두지휘하는 손길은 한없이 부드러워졌다.

진행자를 비롯한 스태프들은 혹여나 돌발 상황이 벌어지지 않을까 초조한 표정이지만 도 PD는 그런 걱정을 하지 않았다.

'만약 방송 사고가 벌어질 거였으면 애초에 벌어졌다.'

이미 생방송이 진행된 지 꽤 흐른 뒤였다. 방송 도중 두 변호사가 평정심을 잃고 감정이 과잉되는 것을 목격했지만 그때에도 별다른 문제가 발생하지는 않았다.

아마 대남을 노려보고 있는 두 사람 또한 지금쯤은 확실히 깨달았을 것이다.

'자칫했다가는 자신들이 소속된 태강과 대서양의 명성에 크나큰 누를 끼칠 수 있다는 것을.'

도 PD는 솔직히 말해서 상황이 이렇게까지 진행될 줄은 상상도 하지 못했다.

고지철과 지동환 두 변호사는 법무법인에서도 시니어를 목전에 두고 있을 정도로 오랜 경력과 실력 있는 변호사였고 방송 경험 또한 많았다.

불세출의 천재라고 치켜세워지고 있는 김대남이 두 사람에게 쩔쩔맬 줄 알았건만, 그 반대의 상황이 벌어지다니.

'그래서 생방송을 제안했군. 대단한 놈이야.'

왜 대남이 그런 조건을 내걸었던 것인지 도 PD는 그제야 진의를 깨달을 수가 있었다. 그리고 상황은 점차 점입가경(漸入佳境)이라는 말이 딱 어울릴 정도로 더욱 흥미진진해지고 있었다.

"두 변호사님 사이에서도 일반인 출연자 김대남 씨는 전혀 기죽은 기색이 없이 맹활약을 펼치고 있습니다. 토론장에서 활약이라고 표현하면 그렇지만 대남 씨의 거침없는 모습에 방청객들뿐만 아니라 지금 가정에서 방송을 시청하고 있는 시청자 여러분도 분명 입을 다물지 못하고 방송을 지켜보고 계실 거라 생각됩니다."

흥분이 가열되어 경직되었다고 표현할 수 있는 장내에 진행자의 목소리가 다시 울려 퍼졌다.

고지철 변호사의 얼굴에는 온화한 미소가 지워진 지 오래였다. 그의 눈동자는 지동환과 마찬가지로 불이라도 난 듯 힘이 들어가 있었고, 단정했던 와이셔츠 위의 넥타이는 그의 심정만큼이나 흐트러져 있었다.

"자, 그럼 생방송 종료 시간이 임박해 오는 이때 마지막 문제로 돌입해 보도록 하겠습니다. 문제 주시죠!"

진행자는 자신을 옭아매는 압박감에서 한시라도 바삐 도망치고 싶은 듯 힘차게 소리쳤다.

곧이어 대형화면 위로 마지막 문제가 그 모습을 드러냈다. 이윽고 두 변호사는 놀라 자세를 앞당겼고 방청석에서는 탄성 소리가 터져 나왔다.

"제도를 만들어내라고……?"

지동환이 엉겁결에 혼잣말을 내뱉었다. 그만큼 어처구니가 없는 문제였기 때문이다.

법률적 사건을 다루는 건 첫 번째 문제를 제외하고는 없었다.

예사 법률 프로그램을 생각했었거늘, 마치 단계가 올라갈수록 난이도가 향상되는 것이 MBS 방송국 측에서 '대국민 퀴즈 쇼'의 영향을 받지 않았다고 말하지는 못할 것이다.

"네, 그렇습니다. 마지막 문제의 경우 출연자분들께서 현행법으로 시행되고 있지 않은 법률적 제도를 구상해서 말씀해 주시면 되는 자리입니다. 물론 제도를 직접 발표해야 하는 것만은 아닙니다. 상대방이 주장한 제도에 관한 심도 깊은 토론을 나눠도 무방한 문제입니다."

고지철은 빠르게 고민을 거듭했다. 과연 이 자리에서 법률적 제도를 구상해서 말하는 것이 나을까, 아니면 김대남이 주장하는 제도를 논리적으로 꺾는 게 나을까.

그 생각을 하는 것은 지동환 역시 마찬가지인 듯했다. 침묵이 오가는 가운데, 먼저 말문을 연 것은 고지철이었다.

"저는 지금 TV를 시청하고 계시는 시청자 여러분께서도 익히 불편을 겪으셨을 만한 사항에 대해서 법률적 제도를 구상해 보았습니다. 현재 부동산 문제로 인해 골치를 썩이고 계신 분들이 많으실 것이라 사료됩니다. 전국 각지에서 상승하는 땅값이 문제가 아니겠습니까. 부동산 중개업자들 또한 부동산 거래 관련 정보 독점으로 투기를 조장시키는 데 한몫을 하고 있고요. 저는 이러한 상황에서 현행법의 규제를 교묘히 피해 나가는 부동산 중개업자들에 관한 제재 법안이 필요하다고 생각됩니다. 부동산 문제를 뿌리 뽑아야 하지 않겠습니까."

고지철이 먼저 자신의 의견을 피력했다. 태강 법무법인을 생각해서인지 그는 어금니를 잔뜩 깨문 채로 결의에 가득 찬 표정이었다. 자칫했다가는 전 국민이 생방송으로 지켜보는 가운데 망신살이 제대로 뻗칠 수도 있었기 때문이다.

제아무리 장인의 뒷배가 있다고는 하나 호기롭게 출연한 프로그램에서 이제 갓 사법 고시를 통과한 법학도에게 질타를 받는다면 분명 뒷말이 안 나오려야 안 나올 수가 없을 터.

"고지철 변호사의 의견이 좋기는 하나, 제 생각은 다릅니다."

"……"

"부동산 전산망을 제대로 구성하지 못하도록 하는 중개업자들에게도 일차적인 문제가 있지만 가장 큰 문제 요인은 투기업자들이 아닐까 싶습니다. 부동산 투기자에 한해 투기 행위를 추적하고, 그 경중과 횟수에 상응하는 사회적 불이익을 주어 불로소득을 원천 봉쇄하는 것이 주요 쟁점이라고 생각됩니다. 또."

대남이 말을 끊지 않자 지동환의 표정은 경악으로 물들어 갔다. 고지철 역시 자신의 발언이 대남에게 가로막힌 것을 보고는 적잖이 당황스러운 듯 이맛살을 찌푸렸다.

카메라 감독의 손은 그 어느 때보다 더 빠르게 움직였다.

"이러한 부동산 문제로 빗발 되는 탈세와 탈법을 원천 봉쇄하기 위해서는 부동산실명제(不動産實名制)가 필요하다고 생각됩니다."

"잠, 잠깐. 그 말인즉."

고지철은 당황스러운 듯 대남을 향해 재차 말했다. 본래 부동산 중개업자들에 관한 제재 법안을 발표해 대중에게 그럴듯하게 보일 심산이었으나, 대남으로 인해 그 과녁이 달라지고 있었기 때문이다.

"네. 명의 신탁을 이용해 차명으로 부동산 투기를 하는 이들을 막기 위함입니다."

"김대남 씨, 내가 그걸 몰라서 얘기 안 한 줄 아시오! 오냐오

냐하니까 정도를 알아야지. 지금 당신이 말한 부동산실명제를 발의하게 되면 기업들의 공장 용지 확보와 공단 입지를 개발하기 위해 매입하는 입지에 관해 많은 어려움이 초래된다는 것을 모릅니까. 지금껏 경제성장을 통해 이룩해 온 것이 얼마인데 다시 원래대로 돌리자고요? 이건 이 잡느라 초가삼간 태우는 격입니다. 지금 그걸 법률적 방안이라고 내놓는 겁니까!"

고지철은 대남을 바라보며 윽박을 질러댔다. 항간에는 실명제가 유보되는 것이 정경유착(政經癒着)이 아니냐는 말이 나올 정도로 민감한 주제였기 때문이다. 혹여나 불똥이 튈까 고지철은 노심초사할 수밖에 없었다.

"고지철 변호사께서는 부동산 거래에 관해 잘 모르시는 것 같습니다. 법률 저널에서 인터뷰한 모 기업 관계자의 말을 따르면 기업들의 경우엔 차명으로 부동산 거래를 할 경우 비용 부담이 크고 회계 처리상 문제가 생기기 때문에 명의 신탁이 아닌 법인실명거래를 선호하고 있는 실정입니다. 그렇기에 깨끗한 기업이라면 부담될 게 없는 상황입니다. 그리고 결정적으로 고지철 변호사께서 처음부터 말씀하시지 않았습니까."

"……."

"부동산 문제를 뿌리 뽑아야 하지 않겠냐고요. 전 그 주장에 보완하는 의견을 내놓았을 뿐입니다."

고지철의 얼굴이 왈칵 일그러졌다. 그의 말마따나 본인이 피운 장작불에 대남은 기름을 부은 격이나 다름없었으니 말이다. 그제야 자신의 실수를 깨달은 것인지 고지철의 낯빛이 붉으락푸르락해지기 시작했다.

지동환은 자신을 빼고 돌아가는 상황에 놀란 토끼 눈을 한 채로 한 마디도 입을 뗄 수가 없었다. 혹여나 자신에게로 화살이 돌아올까 싶은 마음 때문이었다.

"어떻게 되어가고 있나."

"……!"

도 PD는 자신의 어깨를 지그시 누르는 한 사람 때문에 놀랄 수밖에 없었다. 곧장 팔짱을 끼었던 팔을 풀고는 흡족한 미소를 짓고 있는 김 국장에게 고개를 숙였다. 아마 그도 국장실에서 TV를 통해 생방송을 지켜보다 내려온 것일 터.

"생방송 시작부터 지금까지 한 치의 긴장도 풀지 않고 팽팽하게 유지되고 있습니다. 이 정도면 '대국민 퀴즈 쇼'에 버금갈 정도로, 아니, 그보다 더한 이목이 집중될 겁니다."

도 PD의 자신만만한 호언에 김 국장은 다시 한번 더 미소를 지어 보이며 짧게 고개를 끄덕였다.

"정말로 대단하군. 솔직히 임 국장과 자네가 김대남이라는 친구를 다시 한번 더 써보자고 했을 때만 해도 이 정도일 줄은 몰랐는데 말이야. 혹여나 저들의 발언에서 사회적으로 문제가 야기되는 일은 없겠지?"

아무래도 법률적인 토론을 나누는 통에 정부의 눈에 벗어나는 언행이 벌어질까 걱정되던 찰나였다. 그런 김 국장의 걱정을 아는지 도 PD는 고개를 저어 보이며 답했다.

"걱정 안 하셔도 됩니다. 저기 있는 출연자들 모두가 꽤나 똑똑한 사람들이라서 그런지 아주 줄타기를 잘하고 있습니다. 이 정도 발언은 아무 문제 없을 것입니다."

김 국장이 도 PD의 어깨를 두드려 주는 가운데, 다시 진행자가 마이크를 잡았다. 그는 이제 생방송의 마지막 종착지까지 달려왔음에도 긴장이 풀리지 않았는지 목소리는 처음만큼 부드럽지가 않았다.

"자, 마지막 문제에 관해서도 출연자분들께서 열띤 토론을 벌여주셨습니다. 먼저 변호사로서 법률 업무에도 상당히 바쁘신데 본 방송에 참가해 주신 고지철, 지동환 변호사님께 감사의 인사를 드립니다. 일반인 출연자로서는 다소 부담이 되는 자리였을 텐데도 흔쾌히 시간을 할애해 주신 김대남 씨에게도 역시 감사하다는 말씀을 드리겠습니다. 그럼 이제 출연자분들의 소감에 대해 들어보는 시간을 가지도록 하겠습니다."

진행자의 말이 끝났음에도 고지철과 지동환의 표정은 영 좋지 않았다.

MBS 방송국에서 특별 기획된 유명 법률 프로그램에 출연해 법무법인 안팎으로 입지를 되새기려 했으나, 오히려 여태껏 쌓아 올린 금자탑이 흔들릴 지경에 놓였다.

"저는 오늘 이 자리가 좋았습니다. 오랜만에 후배 법조인과 가감 없이 토론을 나눠볼 수 있는 자리였고 각자의 견해에 대해서 들어볼 수 있는 아주 유익한 시간이었으니 말입니다. 하지만 하나 안타까운 점이 있다면 김대남 씨께서는 아직 사법연수원을 수료하지도 못했는데 선배들의 의견을 너무 부정적인 시선으로만 바라본다는 것입니다. 그런 시선이 얼마나 위험한 것인지는 본인도 잘 알고 있을 거라 생각합니다."

"저도 고지철 변호사님의 의견에 동의하는 바입니다. 오늘 이 자리는 그 어떤 법률 프로그램보다도 더욱 좋았던 자리라고 저는 생각합니다. 하지만 김대남 씨의 불순한 태도는 방송 내내 시청자분들의 눈살을 찌푸리게 했으리라 생각됩니다. 이 점에 관해서는 선배 법조인인 저희가 좀 더 신경을 썼어야 하는 점인데 시청자 여러분께 죄송하다는 말씀을 드립니다."

"……."

고지철과 지동환은 약속이라도 한 것처럼 대남을 향해 비아냥거렸다. 평소 같았으면 하지 않았을 말이었지만 대남으로 인해 잔뜩 열이 받은 상태였고, 대남을 깎아내려서든 자신들의 존재감을 부각시킬 필요가 있다 생각해서 내린 결정이었다.

두 사람은 대남이 그들의 비아냥을 말없이 듣고만 있자 내심 미소를 지어 보였다. 하지만 그 미소는 오래가지 못했다.

"오늘 저는 고지철 변호사와 지동환 변호사 두 분이 가지는 생각을 알 수 있었습니다. 흔히 말하기를 리걸 마인드라는 표현을 합니다. 법조계 인사들이 가져야 할 법적 능력을 비롯해 사고방식, 법률적인 감각 등을 뜻하는 말이기도 한데, 그런 점에서 두 분은……."

대남은 짐짓 뜸을 들이며 두 변호사를 번갈아 바라봤다. 그러고는 곧장 정면 카메라를 응시하며 말을 이었다.

"참으로 협소한 직관을 가지셨군요. 구관이 명관이라는 말은 다 옛말인가 봅니다."

대남의 단호한 목소리가 브라운관을 타고 흘러나왔다. 촌철살인(寸鐵殺人)이라는 고사성어가 어울리는 한마디였다.

맞은편에 앉아 있는 두 변호사가 듣기에는 자신들의 급소를 찌르는 듯한 착각이 일게 했을 것이며 시청자들에겐 간단한 경구(警句)로 감동케 했을 것이라.

TV를 보던 서도원의 입가에는 미소가 가득했다.

중앙 수사부 1과로 발령이 난 뒤부터는 심심한 삶의 연속이었다. 5공 비리에 관한 수사를 담당하기는 했지만 허울 좋은 명목에 불과했기 때문이다. 실제로는 수사에 진척이 없었으며 현 정부의 수뇌부들까지 얽혀 있는 사건이라 지지부진한 것이 사실이었다.

"정말로 재미있군."

검찰 생활에 염증을 느꼈던 서도원으로서는 작금의 김대남이라는 젊은 청년이 그야말로 시대의 이단아로 보이기 시작했다.

"자라 아가리를 찢어놓다 못해 완전히 묵사발을 내버렸구만. 고지철이가 저렇게 호락호락한 인물이 아니었는데 말이야. 세월이 흘러 칼이 무뎌진 건 아닐 테고."

서도원의 말이 끝나자마자 TV 속 고지철이 잔뜩 눈을 부라리며 대남을 노려봤다. 더 이상 온화한 미소를 유지하던 고지철의 모습은 온데간데없고 역린을 건드려 목을 길게 빼 포악하게 변해 버린 자라의 모습만이 자리했다.

마지막까지 흥미진진해지는 양상에 서도원이 말을 아끼며 자세를 앞당겼다.

"김대남 씨, 지금 그게 무슨 말입니까!"

고지철의 노성(怒聲)이 대남의 귓가를 때렸다. 여태껏 표정의 변화는 있어도 언성을 높인 적은 없었던 그가 말 그대로 노발대발하는 모습에 진행자의 손바닥에도 땀이 흥건히 배어 나왔다. 진행자는 슬쩍 고개를 돌려 세트장 한편에 서 있는 도 PD

를 바라봤다.

'괜찮아.'

도 PD가 그런 진행자의 걱정을 아는 것인지 고개를 끄덕여 보이는 것으로 대답을 대신했다. 그럼에도 진행자가 안절부절 못하는 가운데 고지철이 다시금 말을 이었다.

"지금 이 자리에 나와 있는 지동환 변호사와 내가 당신보다 법률적 소양이 뒤떨어진다는 말인가. 만약 그렇게 생각한다면 자네는 똑똑한 게 아니라 만용을 부리고 있다는 사실을 깨닫 길 바라네. 나이를 먹었으면 사리분별을 할 줄 알아야지! 지금 자네 때문에 나를 포함한 법조계 선배가 이 자리에 나와 줬다 는 걸 고마워하지는 못할망정 그따위 망발을 해?"

"……."

고지철의 말에 장내가 고요해졌다. 지동환 또한 선배의 노 성에 눈치를 보며 말을 아꼈다. 기세등등했던 대남마저도 잠 시 침묵으로 일관하자 고지철은 그제야 자신이 잠깐이나마 이 성을 잃고 소리쳤다는 사실을 깨달았다.

하지만 되돌리기엔 이미 늦었다.

"고지철 변호사께서는 너무 흥분하신 것 같습니다. 그리고 말은 똑바로 하셔야지요. 저는 두 분께 이 자리에 나와 달라고 부탁한 적이 없습니다. 오히려 두 분이 자진해서 출연을 결정 하신 것 아닙니까."

"……"

"만약 제가 만용을 부린 거라고 생각하신다면 어쩔 수가 없
군요. 그렇다면 제가 제안을 하나 하겠습니다. 이번 프로그램
에서 진행된 문제들과 같이 사전에 저희에게 문제에 관한 단초
를 제공하지 않은 상태에서 한 번 더 토론을 나눠보시겠습니
까? 이번에는 일 대 일로 말입니다. 저 또한 법조계 선배님께
제대로 가르침을 받고 싶으니까요."

대남의 말에 당황한 건 고지철뿐만 아니라 도 PD 또한 마찬
가지였다. 예정되어 있던 생방송 종료 시간까지 아직 여유가
있긴 했지만 또 다른 법률적인 문제를 토대로 토론을 나누겠
다니, 도 PD는 곧장 고개를 돌려 김 국장을 바라봤다.

"만일 상대방이 제안을 수락한다면 내 상부에 직접 보고하
지. 걱정 말게나."

김 국장은 생방송을 지켜보다 말고 세트장으로 내려온 상태
였으나 지금 돌아가는 상황을 짐작컨대, 자신의 재량으로 생
방송 시각을 늘리는 한이 있더라도 이러한 대결 구도를 오래
끌고 가는 것이 이득이라고 생각했다.

꺼질 줄 모르고 활활 타오르는 장작불에 기름을 더 끼얹겠
다는데 굳이 끌 필요가 있을까. 오히려 제안을 한 대남을 향해
엎드려 절을 해도 모자랄 판국이었다.

이윽고 세트장 위로 조연출이 뛰어 올라가 진행자의 귓가에

김 국장의 말을 전했다.

"자, 김대남 씨께서 엄청난 제안을 해주셨습니다. 지금 방송국 측에서는 생방송 시간을 좀 더 연장하는 것에 관해 긍정적인 입장이라고 전해왔습니다. 만약 고지철 변호사께서 김대남 씨의 제안을 수락하신다면 문제 출제에 관한 시간을 잠시 가진 후 곧장 연장 방송을 진행하도록 하겠습니다."

방청석에서 환성이 터져 나왔다. 생방송 시간이 길어지기는 했으나 법률적인 논리를 통해 나누는 토론은 그 어떤 스포츠 경기보다도 더 박진감이 넘쳤다.

더군다나 전문가들이 주어진 논제를 자신들의 견해로 풀어낼 때마다 허점을 발견해 버리는 대남의 모습은 당대의 논객 그 자체였다.

"……."

이 순간 가장 당황한 사람이 있다면 다름 아닌 고지철일 것이다. 그는 지금의 상황이 믿기지 않는 듯 턱 밑으로 땀이 흐르는 것도 의식하지 못하는 듯했다.

저도 모르게 분한 마음이 솟구쳐 올라 소리를 치기는 했으나, 대남의 제안을 수용할 수도 그렇다고 거절할 수도 없는 진퇴양난의 노릇이었다.

"자, 그럼 고지철 변호사께서는 어떻게 하시겠습니까."

대남은 이제는 아예 의자에 몸을 기댄 채 여유만만하게 고지철의 대답을 기다리고 있었다. 지동환은 고지철의 시선을 피하는 게 느껴질 정도로 회피하고 있었고 카메라 감독은 그 광경을 놓치지 않고 카메라에 담아내고 있었다.

마치 그 모습이 호랑이 입에 들어가기 직전의 토끼의 상황을 찍어내는 것 같아 카메라를 잡은 손도 야생의 생태계를 촬영하듯 긴장하기는 마찬가지였다.

"……."

고지철에게선 생방송 리허설 때 보였던 자신감과 오만은 더 이상 찾아볼 수가 없었다.

태강 소속 시니어 중 낙하산을 탄 자신을 마음에 들어 하지 않던 이들은 이미 조롱의 웃음을 보내고 있을 것이 분명했다. 설령 연장 방송에 돌입해서 문제 하나를 더 푼다고 해서 그 시선이 달라질까. 오히려 대남에게 망신이나 더 당하지 않으면 다행이었다.

고지철은 모양새가 빠진다고 생각했지만 어쩔 수가 없었다.

"저는……."

"침묵은 긍정의 표시라고들 말하던데요. 지금 고지철 변호사께서 침묵으로 일관하시는 것은 저의 제안에 동의를 하신 거라고 알고 있겠습니다."

고지철이 어금니를 깨물며 말을 하려는 찰나, 대남이 그의 말을 끊고 먼저 포문을 열었다. 고지철에게로 집중되었던 이목이 곧장 대남에게로 쏠렸다. 진행자는 그 틈을 놓치지 않고 마이크를 잡고는 외쳤다.

"고지철 변호사께서 제안을 수락하신 가운데, 그럼 연장 방송으로 돌입하겠습니다!"

진행자의 목소리에 방청석은 또다시 환호했고, 지동환은 아찔한 듯 눈을 질끈 감아 보였다.

그리고 이 모든 사건의 중심에 놓인 고지철은 현실 부정이라도 하고 싶은 듯 굵은 땀방울을 흘리며 멍한 표정으로 카메라를 바라봤다.

"도 PD님, 지동환 변호사는 거절 의사를 표시했습니다. 아무래도 이대로라면 고지철 변호사와 김대남 씨 대립 구도로 진행해야 할 것 같습니다."

연장 방송을 위해 지동환 변호사에게 다녀온 조연출이 그렇게 말을 했다. 도 PD는 양상 구도가 펼쳐지는 것이 더 낫다며 흔쾌히 고개를 끄덕여 보였다.

생방송이라는 방송 특성상 연장에 돌입했다고 해서 쉬는 시간을 가질 수 있을 리가 만무했다. 출연자들이 의사를 번복할까 걱정된 도 PD는 번갯불에 콩 볶아 먹듯 곧장 연장 방송을 개시했다.

"자, 점점 분위기가 과열되는 가운데 연장 문제 공개하겠습니다!"

대형화면 위로 연장 문제가 공개되자 방청석을 비롯해 출연자들까지 고개를 끄덕일 수밖에 없었다. 다급한 시간을 이용해 법률적 사건을 구상해 내거나 키워드를 만들어내는 것은 작가의 역량 밖이었기 때문이다.

"연장 문제는 자유 토론입니다. 고지철 변호사와 김대남 씨께서는 서로 주제를 정하고 상대방이 주장하는 내용에 대해 법률적 토론을 나눠주시면 되겠습니다."

진행자의 말을 끝으로 고지철은 맞은편에 앉아 있는 대남의 동태를 살폈다. 대남은 생방송 시작부터 끝까지 여유로운 태도를 고수하고 있었다.

과연 여기서 고지철 자신이 먼저 입 밖으로 말을 꺼내는 것이 옳은 선택일까 고민이 되던 찰나, 대남이 자세를 고쳐 앉고는 입을 열었다.

"자유 주제이니만큼, 저는 금융법률에 관해 논해보고 싶습니다. 요즘 금융실명제 때문에 말들이 많은데 고지철 변호사께서는 어떻게 생각하십니까. 아, 참고로 저는 찬성하는 입장입니다."

금융이라는 단어가 대남의 입에서 흘러나오자 일순 고지철의 입가가 슬며시 올라갔다. 고지철은 태강 법무법인에서도 몇 없는 금융 전문 변호사였다.

사실 곁다리 격으로 수박 겉핥기식 지식이 강했지만 그래도 겉으로 비친 명목은 그러했다. 그러한 상황 속에서 대남이 당신에게 금융이라는 키워드를 제시하다니, 녀석이 자충수를 두었다고 생각할 수밖에 없었다.

"김대남 씨께서는 아무 제도나 허울만 좋으면 찬성하는 경향이 있는 것 같습니다. 태강 소속의 금융 전담 변호사로서의 견해를 말씀드리자면 전 반대하는 입장입니다. 대한민국은 1960년대부터 저축 장려를 위해 예금주의 비밀 보장, 가명, 차명 혹은 무기명에 의한 금융 거래를 허용해 왔습니다."

고지철은 방청석을 한 번 바라보았다가 곧장 대남을 노려보며 말을 이었다.

"한데 이러한 상황 속에서 금융실명제를 실시하게 된다면 금융자산의 제도권 이탈을 유발하게 할 뿐만 아니라 실물 투기를 부추기는 상황을 야기할 것입니다. 더군다나 갑작스럽고 우발적인 법률적 제도의 변경으로 인해 상당수의 현물이 해외로 유출될 수도 있으며 경제공황 속에서 물가가 상승하여 스태그플레이션이 발생할 수도 있는 아주 위험한 사안입니다. 지금 당장 결정할 수 있는 사안이 아니라 시간을 두고 생각해 봐야 할 문제입니다. 김대남 씨처럼 그렇게 쉽게 찬성을 논할 문제가 아니란 말이에요!"

재계가 주목하는 금융실명제에 관해 반대를 하는 것이 고지철에게도 이로웠고, 실질적으로 고지철이 가지는 생각 또한 그들과 마찬가지였다.

"김대남 씨, 하실 말씀이 없으신가 봅니다. 전문가적인 직관을 기르시려면 좀 더 공부를 하시는 게 좋을 듯싶군요."

대남이 말을 아끼자 고지철이 기세를 등에 업은 듯 보였다. 그 모습을 빤히 바라보고 있던 대남이 고개를 저어 보이며 입을 열었다.

"지금 고지철 변호사께서는 황당무계한 이야기를 늘어놓고 계십니다. 불과 일 년 전만 하더라도 재계에서는 금융실명제가 실시되면 경제공황이 일어나고 망한다는 말들이 많았습니다. 하지만 지금은 어떻습니까. 불과 며칠 전 전경련 측에서도 금융실명제를 도입하기에 앞서 여건을 완벽히 구성한다면 생각을 달리하겠다고 언론을 통해 발표했습니다. 더군다나 모 기업 회장님께서는 이렇게 단호히 말씀하셨죠. 썩은 기업만이 실명제를 반대한다고 말입니다."

"……."

"부의 공정한 분배와 사회적 부패와 부정을 막기 위해서는 금융실명제는 반드시 필요한 사안입니다. 지금 금융실명제를 유보하자는 고지철 변호사의 발언은 다시 과거의 금융 암흑기로 시간을 되돌리자는 말밖에 되지 않습니다. 물론 고지철 변호사의 말마따나 충분한 행정적 준비를 거친 뒤에 시행되어야 할 법적 제도는 맞습니다. 하지만 금융실명제에 관한 이야기가 80년대부터 나왔다는 것을 감안하면 이미 준비 기간은 충분했다고 생각합니다. 스태그플레이션이요? 일어나지도 않을 문제를 거론해서 대한민국 금융을 퇴보시키려는 생각이십니까!"

대남의 말이 계속될수록 고지철의 낯빛은 점차 누리끼리하게 변해갔다. 마치 황달이라도 걸린 사람처럼 안색에 병마가 낀 듯했다.

이윽고 조연출이 진행자를 향해 생방송 종료 시간이 얼마 남지 않았다는 사인으로 손을 흔들어 보였다.

"고지철 변호사와 김대남 씨께서 열띤 토론을 나누고 있는 가운데 생방송 종료 시간까지 얼마 남지 않았습니다. 이제 토론을 끝내셔야 할 시점입니다. 마지막으로 하실 말씀 있으십니까."

"마지막으로 고지철 변호사께 묻겠습니다."

고지철은 말을 잇지 못했고 대남만이 마지막 질문을 하기 위해 손을 들어 보였다. 카메라 감독이 대남을 줌인했다.

생방송의 마지막을 장식할 대남의 입가를 향해 장내의 모든 눈길이 향했을 무렵, 대남이 고지철을 향해 단호하게 말했다.

"고지철 변호사께서는 태강 소속 금융 전담 변호사라고 하셨는데……."

"……."

"평소 법률 공부는 하고 계시는 겁니까."

9회 말 2아웃 상황에서 끝내기 홈런을 맞은 투수의 얼굴처럼, 고지철의 표정이 썩어들어갔다.

- 5장 -
100억 원의 사나이

대남의 말이 고지철의 얼굴에 정면으로 직격했다. 이로 인해 리허설 때부터 시종일관 유지해 오던 고지철의 가면이 찢어질 수밖에 없었다.

아집과 오만으로 가득했던 그의 면면이 활화산이 터져 오를 듯 눈과 입을 통해 분출되려 했으나, 카메라와 장내의 수많은 시선 때문에 겨우 참아내는 게 눈에 띄었다.

"자네가 보기엔 어떠한가."

MBS 방송국에서 진행된 생방송 법률 프로그램이 끝나자 박 교수가 맞은편에 앉아 있는 서도원에게 물었다. 품평회에 내어놓은 고미술품을 자랑하듯 그의 목소리에는 자신감과 대견함이 가득 묻어 나오고 있었다.

"저 친구를 보고 있자니 과연 신입 검사들이 저렇게 할 수 있을까 싶네. 아니지, 설령 특수통에서 잔뼈가 굵은 검사라고 할지라도 생방송에서 저렇게 담대한 배짱을 보여주는 것은 어려운 일일 테지. 지금 고지철이 얼빠진 얼굴이 보이지 않나, 검사 법복을 벗었을 때보다 더 놀란 표정이야."

서도원은 자세를 앞당기고는 TV를 흥미진진한 시선으로 바라보고 있었다. 그의 시선이 닿는 곳에는 팔짱을 낀 채 여유롭게 방송의 대미를 장식하고 있는 대남의 모습이 보였다.

"저 친구 법조계에 통 관심이 없다고?"

"그래, 법조계에 큰 뜻이 없는 것 같더군."

박 교수의 말에 서도원의 눈가가 흥미롭게 빛났다. 마치 명물을 본 듯한 그의 눈동자엔 묘한 호승심이 불타오르는 것처럼 보이기도 했다.

불과 약관이 넘은 나이에 저 정도 관심이 쏠리면 부담감에 주저앉을 만도 하건만, 거침없이 앞으로 나아가는 모습이 지금보다도 훗날이 더 기대되는 천재였다.

"앞으로 사법연수원이 꽤 재밌어지겠어."

생방송 촬영이 막바지에 다다랐지만 그 누구 하나 맘 편히 있을 수는 없었다. 스태프들은 마지막까지 혹여나 돌발 상황이 발생할까 마음을 졸였지만 도 PD는 입가가 씰룩이는 것을 참느라 고역이었다.

지금 당장에야 대중의 반응을 판단할 수는 없지만, 자신의 PD 생활을 돌이켜 보건대 이만큼의 파장을 불러일으킬 프로그램은 전무후무할 것이다.

"고생했네."

도 PD의 어깨를 두드리는 김 국장의 입가에 미소가 만개했다.

애초에 KBC 방송국에서 '대국민 퀴즈 쇼'가 흥행한 것을 보고 MBS 이사진에서 닦달 끝에 기획된 프로그램이었지만 이정도면 대항마 수준이 아니라 '대국민 퀴즈 쇼'의 아성을 넘볼 수 있을지도 모른다는 희열이 느껴졌다.

"자, 금일 세 시간여에 걸쳐 진행된 생방송 '법률 전쟁'이 끝이 났습니다. 마지막까지 긴장의 끈을 놓지 않고 토론에 분투를 해주신 출연자분들께 감사히다는 말씀을 드리겠습니다. 또한 저희 방송을 끝까지 시청해 주신 시청자 여러분과 방청객 여러분께 고개 숙여 감사의 인사를 올립니다."

진행자의 말을 끝으로 생방송이 완전히 종료되었음이 선언되었다. 방청석에선 박수와 함께 환호가 다시 한번 더 터져 나왔다.

그 환성(歡聲)의 대상이 누구인지는 장내에 있는 사람들 전부가 알고 있었다.

대남은 자신에게로 향하는 갈채에 자리에서 일어나 방청석과 스태프들에게 고개를 숙여 보였다.

"……."

고지철과 지동환은 그 광경을 넋을 놓고 바라보고 있었다. 세 시간 동안 생방송이 어떻게 진행된 것인지 분간이 가질 않았고 그들의 머릿속은 새하얀 백지장처럼 하얗게 타오르고 있었다. 아니, 어쩌면 방송국을 나섬과 동시에 시작될 당신들을 향한 시선에 머릿속이 아찔해진 것인지도 몰랐다.

"감사합니다, 선배님들."

"그, 그래. 고생했다."

"……."

대남의 인사에 지동환이 못 이기는 듯 받아주었고 고지철은 여전히 말이 없었다. 지켜보는 시선이 많았기에 섣불리 화를 낼 수도 없는 상황이었고 오히려 생방송 때는 그렇게 거침없이 언행을 내뱉던 대남이 먼저 인사를 하자 얼떨떨한 지경이었다.

"고생했습니다. 고지철 변호사님과 지동환 변호사님, 그리고 대남 씨도요."

도 PD가 세트장으로 걸어 올라와 고생했다는 말을 전했다.

지동환과 고지철은 예의 대답을 하는 듯하더니 얼굴이 붉어진 채로 자리에서 천천히 일어나 세트장 밖으로 발걸음을 옮겼다.

도 PD는 그런 그들의 심정을 십분 이해한다는 듯 고개를 한 번 주억거리고는 곧장 대남을 바라봤다.

"대남 씨, 솔직히 생방송을 이렇게 성공적으로 시작할 줄은 꿈에도 몰랐습니다. 다 대남 씨 덕분입니다."

"뭘요, 도 PD님이 발로 뛰며 기획하신 방송 아닙니까."

도 PD 또한 방송의 흐름이 대남 위주로 흘러갈 줄은 상상도 못 했었기에 2회 방송까지 대남을 출연시킬 계획이었으나 상황이 이렇다 보니 다른 타협안을 찾아야 했다.

"원래 대남 씨가 2회 방송까지 출연하시는 걸로 생각했었는데 이제는 그렇게도 안 되겠네요. 오늘 생방송 이후로 그 어떤 법조인이 대남 씨랑 토론을 나누려고 하겠습니까. 세트장 한편에서 지켜보던 제가 오금이 저릴 정도였습니다."

도 PD가 과장되게 표현을 하기는 했지만 틀린 말도 아니었다.

아무래도 생방송의 여파로 태강과 대서양 법무법인을 제외하고도 법조계에 큰 센세이션을 불러일으킬 터였다. 생방송을 보았던 법조인이라면 생각이 제대로 박혀 있는 한 괜히 대남과 갑론을박을 벌이지는 않을 것이다.

그래도 '대국민 퀴즈 쇼'와 마찬가지로 초반 바람몰이는 제대로 되었다고 생각하는 도 PD였다.

"그럼 대남 씨, 2회 방송 대신에 인터뷰 하나만 응해주실 수 있을까요?"

"인터뷰요?"

"제 동기가 지금 보도국에 있는데 아무래도 지금 생방송 반향이 엄청나지 않겠습니까. 각종 언론사나 방송국에서 대남 씨 인터뷰 한 번 해보려고 들 텐데, 그 첫 번째를 저희 MBS 보도국에서 맡아 하는 게 어떨까 싶더라고요. 너무 갑작스러운 부탁인가요……?"

대남은 도 PD의 제안이 나쁘지 않다고 생각했다. 어차피 2회 방송에 출연하지 않아도 된다면 도의상 인터뷰나 후속 촬영을 해줄 의향이 있었기 때문이다.

더군다나 지금 방송국을 나선다면 특종을 잡겠다고 인터뷰 요청이 쇄도할 게 뻔했다. 생방송이 진행되었던 MBS 방송국에서 보도국을 통해 인터뷰를 응하는 게 상황상 나았다.

"알겠습니다. 그렇게 하도록 하죠."

도 PD의 안내를 따라 대남은 보도국에 마련된 귀빈실로 몸을 옮겼다. 평소 같았으면 세트장 한편에서 인터뷰를 해도 무방했지만 생방송의 파장을 생각해서인지 보도국에서는 대남을 극진히 대접했다.

일반 언론사들처럼 기자가 직접 녹취를 하고 볼펜으로 인터뷰를 적어가는 것이 아닌 카메라까지 대동된 것이 꽤나 준비에 공을 들인 듯했다.

"반갑습니다, MBS 보도국 아나운서 김갑성입니다. 조금 전에 끝난 생방송 정말 손에 땀을 쥐면서 봤습니다. 여기 간략한 질문 스크립트가 있기는 하지만 최대한 대남 씨의 진솔한 인터뷰 영상을 담아내고 싶은 게 제 마음입니다."

김갑성은 대남을 흠모하는 시선으로 바라볼 정도로 생방송을 감명 깊게 본 듯싶었다. 그렇게 인사를 나누고 있는 찰나, 귀빈실에 방송용 조명이 설치되고 카메라맨이 카메라를 잡았다.

녹화방송이기는 했지만 그래도 전국적으로 방송될 인터뷰 영상이있기에 옷매무새를 고치는 것도 잊지 않았다.

이윽고 카메라 REC에 맞춰 점등되고 아나운서가 자세를 고쳐 앉으며 질문을 시작했다.

"안녕하십니까, 국민 여러분. MBS 아나운서 김갑성입니다. 지금 막 MBS 시사·교양국에서 진행된 생방송 법률전쟁 촬영을 끝내신 김대남 씨와 인터뷰를 하기 위해 모셔보았는데요.

아무래도 금일 진행된 생방송을 보신 분들이라면 김대남 씨의 해박한 법률 지식과 언변에 놀라움을 금치 못하셨을 거라 짐작됩니다. 정말 영광입니다."

"아닙니다. 도리어 제 인터뷰를 직접 해주시니 영광입니다."

확실히 방송 경력이 꽤 있는 아나운서여서 그런지 조금 전 대남을 바라보며 호들갑을 떨었던 그는 이 자리에 없었다.

여태껏 모종의 이유로 인터뷰들을 숱하게 해왔던 대남에게 날카로운 질문을 하는 것도 잊지 않았다.

"김대남 씨께서는 이번 생방송 출연이 처음이 아닙니다. 일전에 타 방송사에서 진행된 퀴즈 쇼 프로그램에도 출연해 활약상을 보여주셨는데요. 이번 법률 TV에 출연함으로써 전국적으로 많은 파문을 일으킬 것이라 예상됩니다. 사법 고시를 통과했다고는 하나 경험 있는 전문가들을 상대로 토론을 벌이는 것이 힘들지는 않았나요? 설마 공부가 제일 쉬웠다는 말처럼 쉬운 건 아니었겠죠……?"

"아나운서께서 말씀을 재미있게 하십니다. 전혀 쉽지 않았습니다. 아무래도 저를 제외한 두 출연자분께서는 현직에 계시는 유명 법무법인 소속의 변호사이시고 저는 아직 법학과를 졸업하지도 못한 법학도의 신분이니 말입니다. 방송상에서는 태평해 보였을지는 몰라도 속으로는 내심 초조했습니다."

대남의 대답에 아나운서는 고개를 끄덕여 보였다. 겉으로 비치는 모습이 어떠했든 간에 이미 생방송이 끝난 뒤였고 나머지 출연자들을 배려하는 것이 대남한테도 나쁘지 않았기 때문이다.

"그럼 질문을 달리 해보겠습니다. 김대남 씨는 방송 출연에 관해서는 상당히 담대하신 것 같습니다. 생방송을 무려 두 번이나 출연하셨으니 말이죠. 숙련된 방송인들조차도 생방송을 촬영하게 되면 떨린다고들 하는데 대남 씨 같은 경우 어떠셨나요."

"떨리지 않았다고 말씀드리면 거짓말이겠죠. 일전에 타 방송사에서 생방송 프로그램을 촬영했다고는 해도 그때 당시에는 퀴즈 쇼의 특성상 문제를 푸는 것에만 집중했기 때문에 덜했는데 이번에는 전문가분들과 토론을 나눠야 하는 자리였으니 저라고 해도 떨리는 건 마찬가지입니다."

그 뒤로도 아나운서의 질문은 계속되었고 대남은 적절한 선에서 대답했다. 인터뷰 시간이 끝에 다다르자 아나운서는 미리 준비했었던 스크립트에서 나온 질문이 아닌 다른 질문을 대남에게 물었다.

"김대남 씨께서는 증권가에서 신성이라 불릴 정도로 투자의 귀재라고들 하시는데 말입니다. 재작년에는 오십억 원 이상의 차익을 내셨다고 들었습니다. 맞습니까?"

"네, 맞습니다."

증권가에서 흘러나온 대남의 이야기는 이미 언론에서 밝혀진 바가 있는 것이었다. 그렇기에 대남은 아나운서의 질문에 거리낌 없이 대답했다. 그러자 아나운서는 흥미롭다는 듯이 대남을 바라보며 되물었다.

"증권가에서 들리는 말로는 대남 씨께서 작년 중순부터 시작해서 올해까지 활발한 투자 활동을 펼쳤다고 들었습니다. 사법 고시를 공부하느라 여념이 없으셨을 텐데도 말입니다. 실례가 안 된다면 지금까지의 총수익을 잠깐 여쭤봐도 되겠습니까……?"

"음, 구체적으로는 말씀을 드리기 어렵고……."

대남이 말꼬리를 늘이자 아나운서는 궁금한지 귀를 쫑긋 세웠다. 카메라맨 또한 마찬가지인지 대남의 모습을 줌인해 담아내고 있었다. 대남은 그들의 시선을 받으며 담담히 손가락 한 개를 펴 보였다.

"백, 백억……!"

다음 날, 대남이 출연한 MBS 방송국 생방송 법률 프로그램은 많은 반향을 일으켰다. 언론사들이 앞다투어 대남의 이야기를 대서특필했고 거기에는 여러 가지 이야기가 있었다.

[촌철살인의 김대남, 유명 법무법인 소속 변호사들을 KO시키다!]

[……변호사들을 상대로 유감없이 발휘된 천재의 진가.]

[대한변호사협회 曰 '김대남' 앞으로 법조계를 이끌어갈 더할 나위 없는 보배.]

이 중에서 가장 화제가 된 기사가 있었다면 단연코 어젯밤 MBS 뉴스를 통해 송출된 대남의 인터뷰 영상이었다.

[100억 원의 사나이 '김대남' 변호사들을 상대로 유감없이 발휘된 천재의 진가.]

대남의 이야기가 각종 언론사를 통해 대서특필되었다. 지난 날 MBS 방송국에서 진행된 생방송 법률 프로그램의 반향은 실로 대단했다.

김대남을 보기 위해 일부러 한국대학교 법학관을 찾는 학생들이 생겨나기도 했으나 대남은 일전 학과장의 약속에 따라 더 이상 전공과목에 출석할 일이 없어 법학관에 나타나는 일이 적었다.

"자네, 정말로 이제 유명인 다 되었구만."

박 교수가 대남을 바라보며 넌지시 말을 했다. 먼젓번 대국민 퀴즈 쇼에 출연했을 때에도 대남의 천재적인 면모가 드러나 많은 관심을 받긴 했지만 이번 MBS 방송국에서 진행된 생방송 법률 프로그램 속 대남의 모습은 가히 입을 다물지 못하게 할 정도였다.

두 변호사와의 토론 중에 보였던 대남의 후생가외(後生可畏)한 모습은 TV 전파를 타고 널리 퍼졌다.

"사법연수원에서도 벌써부터 자네에 대한 소문이 자자하다고 하더군."

비교적 검찰 생활을 오래 한 박 교수는 사법연수원의 검찰 교수진하고도 알 만한 사이였다. 동기들의 말을 빌리자면 이미 사법연수원에서는 대남이 보인 행보를 보고 오가는 말이 많다고 했다.

항간에는 선배들을 상대로 너무 무례하게 군 게 아니냐는 말도 있었지만, 대부분이 해박한 법률 지식에 감탄을 금치 못했다.

"며칠 전에 대검찰청에서 일하는 친구가 잠깐 연구실에 들렀었네. 함께 대남 군이 출연한 생방송을 보았는데 말이야. 그 친구도 자네의 뛰어난 지식에 혀를 내두르더군. 원래 남을 칭찬하는 데 인색한 친구인데 그날따라 유난히도 자네에 대해서 많이 물어봤어. 그 친구가 말하더군, 자네 같은 이는 꼭 검찰로 와야 한다고."

"교수님, 과찬이십니다. 그런데 왜 검찰입니까? 다른 길도 많을 텐데요. 현직에 계신 분께서 그렇게 말씀을 하시니 궁금하지 않을 수가 없군요."

대남은 박 교수의 말에 의아한 듯 되물었다. 빙산의 일각이라고 했다. 법조계에 큰 관심은 없지만 자신의 성격이 조직 생활에 맞지 않는다는 것은 방송의 일부분만 보더라도 적잖이 알 수가 있을 터인데.

"사법연수원에서의 성적에 따라 판검사가 나뉘고 변호사가 되기도 한다네. 그때 연수원 성적이 좋지 않음에도 유명 법무법인에 소속되어 매달 수억씩 돈을 만지는 변호사가 있는 반면, 연수원에서 성적 좋았음에도 실속이 없는 이들이 있지."

"……"

"대남 군, 자네를 가만히 보고 있으면 변호사 생활에는 맞지 않겠다는 생각이 들어. 대외 업무는 소속 법무법인 대표나 고문이 하겠지만, 그래도 변호사라는 게 의뢰인을 응대하고 변론해야 하는 게 일인데 자네의 직선적인 성미에는 영 매치가 안 돼. 차라리 검찰에 들어가 내로라하는 굵직한 사건들을 맡아 거침없이 수사하는 게 더 맞지 않겠나."

"하하, 말씀은 감사하지만 전 조직 생활에 맞지 않습니다."

대남의 말에 박 교수가 고개를 저어 보이며 입을 열었다.

"주로 담당하는 사안이 외압의 우려가 크거나 보안을 철저하게 유지해야 하는 특수 사건인 경우 상관에게 수사 중인 사안에 대해 보고를 누락하고 독단적으로 수사를 진행하는 이들이 있지……. 특수통이라든가, 중수부의 소속된 검사들 말일세."

"……."

"내 아직 사법연수원조차 들어가지 않은 자네한테 이런 말을 하기 뭣하지만, 지난번 생방송을 보니 자네라는 인재가 너무 아까워서 하는 말이니 괘념치 말고 들어주게나. 법조계에 관심이 없다고는 해도 이미 반쯤은 발을 들인 상태나 마찬가지니 말이야."

박 교수의 말에 대남은 그저 가볍게 웃어넘길 수만은 없었다. 사법연수원에 입소해야 하는 날이 이제 일 년이 조금 넘게 남았기 때문이다.

앞으로 청사진이 어떻게 펼쳐질지는 두고 봐야 할 일이다. 대남을 바라보던 박 교수가 짐짓 뜸을 들이고는 말했다.

"……그런데 말이야, 정말 그 말이 사실인가……?"

"무슨 말씀 말이십니까?"

"주식 투자로 벌어들인 돈이 백억 원이라는 것 말이네. 지난번에 오십억 원의 차익을 냈다는 이야기를 듣기는 했는데 말이야. 지난번 차 교수가 그러더라고. 자네 법조계로 나갈 게 아니라 금융계로 나가야 하는 게 맞는 게 아니냐고 말이지."

박 교수의 물음에 대남은 그저 빙그레 웃는 것으로 대답을 대신했다. 긍정의 의미일 수도, 부정의 의미일 수도 있는 대남의 미소에 박 교수는 짧게 고개를 끄덕였다.

천재로서의 재능을 타고나도 그 재능을 개화시키기 위해 얼마나 많은 시간을 관철했을까. 교수들 사이에서도 인정받는 박 교수조차도 가늠이 되질 않았다.

"자네의 내일이 정말로 궁금해지는군."

박 교수는 대남의 청사진이 짐짓 기대되는 듯 짧게 말했다.

대남은 한국대학교에서 박 교수를 만나고 난 뒤, 미리 선약이 되어 있던 장소로 발걸음을 옮겼다.

자동차를 타고 관악구에서 삼십여 분을 달려 도착한 곳은 작은 한정식집이었다.

미리 예약된 방 안으로 들어서니 그곳에는 익숙한 얼굴이 먼저 앉아 있었다.

"오랜만입니다."

연륜이 가득한 인자한 미소가 인상적이었던 목포의 백고래였다. 항상 대남에게 존대의 어투로 말을 하는 백고래는 그 성정만큼이나 행동거지 하나하나에 기품이 넘쳤다. 증권가의 거부라는 사실을 모른다면 청학동의 훈장이라고 해도 어색하지 않아 보였다.

"오늘 대남 군을 이 한식당에 초청한 까닭은 일전에 생방송을 보았기 때문입니다. 정말로 대단하더군요. '대국민 퀴즈 쇼' 때도 놀라움을 금치 못했었는데 이번 생방송은 말 그대로 엄청나더군요. 그리고 이와 관련해 묻고 싶은 것도 생겼지요."

"어르신, 편하게 말씀하십시오."

대남은 백고래와의 호의적인 관계를 계속해서 유지해 오고 있었다.

본인이 증권가에서 수십억 원의 차익을 올리기는 했으나 백고래에 비할 바는 못 되었다. 제아무리 머리가 똑똑하다고는 해도 수십 년의 역사와 함께 얽혀진 백고래의 경험만 할까.

한데 그런 백고래가 대남에게 궁금한 것이 있다니.

"대남 군은 증권가에 나타난 지 불과 2년이 안 되는 시간 동안 범인이 평생을 벌어도 못 벌 거액을 손에 쥐었지. 그 이면에는 분명 상상도 못 할 엄청난 재능과 노력이 뒤따랐을 테고 말이야. 날이 지날수록 내 예상을 뛰어넘는 모습을 보여주니 정말 놀랍군. 대남 군, 혹 대한민국 증권가의 역사를 알고 있나?"

"근 백 년 전, 일본인에 의해 인천 미두 취인소가 세워지면서 우리나라 증권시장의 역사가 시작되었습니다. 처음엔 유가증권이 아닌 쌀, 콩 등 곡식으로 거래를 시작했지만 실상은 일제가 우리나라의 쌀과 금전을 수탈하기 위한 도구에 불과했죠. 근대적인 최초의 증권거래소는 일제강점기 시절에 개설된

조선 취인소일 겁니다. 다만 당시 상장된 한국 기업은 소수에 불과했고 대부분 일본 기업이 상장되어 거래가 이루어졌다고 들었습니다. 아마도 조선 취인소의 목적은 일본 기업의 발전을 위한 발판쯤이라고 생각됩니다."

대남의 말에 백고래는 크게 고개를 주억거려 보였다. 증권 가의 태동이라 할 수 있는 미두 취인소를 시작으로 대한민국 유가증권 거래 시장의 시초인 조선 취인소까지의 대남의 설명 은 틀린 구석이 없었다.

백고래는 자세를 고쳐 앉고는 대남의 말에 이어 말했다.

"자네의 말이 맞네, 그 뒤부터는 내가 설명해 보도록 하겠 네. 해방 이후부터 대한민국의 증권가는 그야말로 도박판이 라는 말이 딱 어울리는 투기장의 연속이었지. 매도와 매수의 세력이 양 갈래로 나뉘어 금전이 많은 놈이 이기는 단순한 파 워 게임이었어. 투자하는 기업들의 가치는 따지지도 않았고, 그저 단순한 투기 놀음이었지. 그야말로 아수라장이나 마찬가 지였다네."

백고래는 과거를 회상하듯 눈을 몇 번이고 감았다 떴다. 주 름이 가득한 그의 눈가에는 세월이 고스란히 담겨 있었다.

"1960년대 실시한 경제개발 5개년계획이 시행됨에 따라 경 제가 고도성장에 접어들었지만 그때까지도 주식시장은 투기 의 대상이었어. 대중에겐 증권시장이 도박판이나 다름없게 보였고 패가망신의 지름길이라 인식시켜 주었지. 그로부터 시간이 흐르니 정부가 정책에 필요한 재원을 조달하기 위해 적극적으로 증시를 육성했다네."

"……."

"경제개발 5개년 계획에 박차를 가한 정부 덕분에 건설사들의 해외 건설 수주가 뒤따르니 중동 오일달러가 유입되고 건설주가 증권시장에서 가장 각광받게 되었지. 하지만 급등 뒤에는 언제나 급락이 뒤따랐던 법이지. 건설주에 관해 파동으로 인해 수많은 사람이 이득을 봄과 동시에 손실을 보는 아이러니한 상황이 발생했지. 한마디로 투기의 시대나 다름없었어."

대남은 잠자코 말을 듣고 있었다. 백고래의 말 한 마디 한 마디는 증권가의 역사나 다름없었다. 피부로 체감하면서 느꼈던 과거의 나날들을 말하는 백고래의 얼굴에는 수많은 감정이 지나고 있었다.

"그러한 투기의 시대 속에서 누가 태어났는지 알고 있는가?"

"흔히들 말하는 큰손 아닙니까."

"맞다네. 나를 포함한 수많은 큰손이 투기의 시대에 발맞춰 태어났지. 그보다 빨리 증권가에 등장한 이들도 있지만 대부분이 비슷한 시기에 큰 이득을 거머쥐었지."

대남 또한 큰손들에 관해서 개략적으로는 알고 있었다. 대표적인 인물로 말하자면 1982년 거액 어음 사기 사건을 벌인 장여인을 논할 수가 있을 것이다.

"증권시장에서 큰손이라 말하자면 아무래도 거액의 뭉칫돈을 통해 주식시장을 주물렀던 이들을 말하겠지. 적게는 수백억에서 많게는 수천억까지 여태까지 대한민국의 짧은 증권 역사 속에서도 수많은 큰손이 나타났다가 사라졌지. 나 또한 마찬가지일세. 이 자리에서 언제까지 버틸 수 있을지는 모르지만 말이야."

"……."

"예컨대, 과거 증권시장을 좌지우지하였던 이들의 면면을 살펴보면 담대한 투자 방법과 거침없는 추진력이 바탕이 되었지. 물론 막대한 자금은 기본이고. 부동산이 호황을 누릴 때도 주식에만 투자해 성공을 거둔 인천마녀가 있고 막강한 자본을 토대로 움직인 광화문 불곰이 있었지. 그리고 시장을 체계적으로 파악해 움직였던 인텔리 정까지. 그들 한 명 한 명이 증권가를 울고 웃게 했다고 해도 과언이 아닐세."

백고래의 말속에서 등장한 수많은 인물은 그의 말마따나 한 시대를 풍미했던 큰손들이었다. 지금 대남이 수십억 원의 차익을 냈다고는 하지만 그들에 비하면 조족지혈이나 다름없었다.

"대남 군이 증권시장에서 백억 원의 차익을 벌었다는 사실은 이미 알고 있네. 하지만 자네가 꾸는 꿈에 비해서는 턱없이도 부족한 돈이 아니겠는가. 그리고 대남 군의 혜안이라면 앞선 사람들에 비해도 부족함이 없을 터. 그릇이 큰데 안에 물이 부족하면 안 되겠지."

대남은 백고래의 말을 거듭 곱씹어보았다. 아무것도 없는 무지렁이가 저렇게 말을 하였다면 흘려들었을 것이다.

하지만 상대는 백고래였다. 대한민국 증권가의 거물로 불리는 이였으며 무일푼으로 시작해 현재는 그 누구도 쉽사리 범접할 수 없는 위치에 놓인 인물이었다.

이윽고 백고래는 깊은 눈동자로 대남을 바라보며 말했다.

"내가 왜 이런 말을 하는지 알겠나."

나지막한 백고래의 물음에 대남은 자세를 고쳐 앉고는 답했다.

"직접 큰손이 되라는 말씀 아닙니까."

- 6장 -

투자 대결

　대남의 말에 백고래가 입가에 미소를 진하게 머금었다. 하나를 말하면 열을 안다고, 대남의 경우가 그러했다. 말 속에 담긴 뜻을 헤아리고 현명하게 바라보는 시선은 연륜이 가득한 자신의 혜안만큼이나 대단했다.

　"하지만 어르신, 저는 생각이 없습니다."

　"내가 도와준다고 해도 말인가?"

　백고래는 대남이 마음에 들었다. 증권가에서 숱한 세월을 지내왔지만 이만한 재목은 만나기 힘들었다.

　해방 직후 동란을 거쳐 유신 정권의 집권을 지나 격동의 시대에 이르기까지 억만금을 벌어왔다고 해도 과언이 아니었지만, 여태껏 자신의 마음을 사로잡는 이를 만나본 적은 없었다.

　"죄송하지만 도움은 받지 않겠습니다."

"……."

하지만 뒤이어 들려온 대남의 말에 백고래는 침음을 삼킬 수밖에 없었다. 증권시장의 전설로 불리는 자신이 도와주겠다고 선뜻 나섰는데, 김대남이라는 젊은 청년은 그 제의를 거절했다.

여태까지 삶을 살아오면서 숱한 이들을 보아왔지만 돈 앞에 흔들리지 않는 이를 본 적이 없었다. 한데 한 치의 망설임도 없이 거부 의사를 표하다니.

"흠, 신기하군. 물욕이 없다고 해야 하는 것인가. 아니면 그 젊은 나이에 물욕에 관한 사사로운 감정을 초월한 것인가 자네."

"물욕이 없다고는 말씀을 못 드리겠습니다. 애초에 돈을 벌 생각이 없었다면 주식을 시작하지도 않았을 테니 말이죠. 다만 남의 도움을 받아가면서까지 돈을 벌고 싶은 생각은 없습니다. 저 혼자로서도 지금 당장은 충분하다고 생각이 듭니다."

과연 젊은 나이의 호기인 것인가, 백고래는 자못 의문이 들었다.

"자네도 겪어봐서 알지 않는가. 주식이라는 게 추세를 읽으면 범 잡을 수 없을 정도로 돈을 벌기도 하지만 갑작스레 풍랑을 맞이하게 된다면 그대로 고꾸라지기도 하네. 불과 몇 년 사이에 수십억 원을 벌었다 해도 단 하루 만에 그 돈을 다 날릴 수도 있는 법이지. 난 자네가 그렇게 되지 않았으면 해."

증권가에 몸담고 있다 보면 모든 것이 허상 속의 모래성처럼 느껴질 때가 있다. 주가가 오르고 내림에 따라 수익률이 결정되지만 그 모든 것은 찰나의 순간에 불과하다.

한 번의 선택이 나머지 주식 인생을 결정짓는 것이나 마찬가지니 한때 세상을 아우르는 큰손이었으나 지금은 서울역 노숙을 마다하지 않는 이들을 백고래는 허다하게 봐왔다.

"어르신, 그렇게 걱정이 되신다면 저랑 내기 한번 해보시지 않겠습니까?"

"내기……?"

대남의 갑작스러운 제안에 백고래의 눈가의 주름이 깊어졌다. 도통 종잡을 수 없는 청년이다. 방송에서 보인 모습은 어떻게 보면 법률에 정통한 학자 같아 보이기도 했지만, 지금의 총명한 눈동자를 보자면 영락없는 도박사였다.

"어르신께서는 증권가에서 오랫동안 몸을 담고 있지 않으셨습니까. 저랑 투자 대결을 해보시는 게 어떻습니까. 각각 한 종목에 투자해 지정된 기간 동안 수익률이 높은 쪽이 이기는 것이지요."

"내기의 보상은 어떻게 되는가."

"어르신께서 종로에 빌딩을 많이 가지고 계시다는 걸 익히 알고 있습니다. 제가 이긴다면 어르신께서 종로에 매입하신 건물 중 한 채를 싼값에 넘겨주시면 됩니다. 그리고 만약 제가 진다면 어르신의 소원을 들어드리겠습니다. 주식을 그만하라고 하신다면 그만하겠습니다. 밑에서 배우라고 한다면 사법연수원 입소 전까지 성심성의껏 배우겠습니다."

"하하, 어느 쪽이든 자네가 이득이 되는 게 아닌가."

"룰은 그렇게 돼 있지만 어떻게 보면 어르신께서도 저 김대남을 시험해 보고 싶은 것 아닙니까."

백고래는 맞은편에 앉아 있는 대남이 실로 재미있게 느껴졌다. 과연 자신에게 주식으로 내기를 제안할 사람이 있을까. 원숭이도 나무에서 떨어질 때가 있다고 하지만 분명 지금은 아니었다.

"그래, 자네는 어느 기업에 투자할 건가. 그 기업은 피하는 것이 도리겠지."

"저는 태한화섬에 투자를 할 생각입니다."

"태한화섬……?"

그 순간 백고래는 머릿속을 뒤적였다. 증권가에 상장된 수많은 기업을 꿰고 있다고 해도 과언이 아니었지만 그중에서도 태한화섬은 그다지 비중을 차지하지 않았던 기업이기 때문이다.

현재 증권시장을 주도하고 있는 트로이카 종목이라 할 수 있는 금융, 건설, 무역업에 대남이 투자를 할 줄 알았는데 의

외 중의 의외였다.

"의외로군, 국내에서는 투자가 거의 이뤄지지 않은 기업이지 않나. 너무 실수하는 거 아닌가 싶군."

"실수라고 생각하시지 않는 게 좋습니다."

대남의 호기로운 말투에 백고래는 짧게 고개를 끄덕여 보였다. 하지만 승부에서 패할 생각은 없었다. 수십 년 동안 증권 시장의 대들보 같은 역할을 해온 자신이 새파란 이십 대 청춘에게 꺾일 수는 없는 노릇 아닌가.

대남을 바라보는 백고래의 눈동자가 묘한 호승심으로 불타오르고 있었다.

"한데 태한화섬을 결정한 이유를 물어봐도 되겠나."

"내년부터 외국인 직접투자가 허용됩니다. 이제부터는 외국 거대 자본이 한국 증시를 좌지우지하는 판도로 바뀌게 될 겁니다. 제 예상이 맞다면 무분별한 투기 형식이었던 기존 투자의 판도가 가치 투자로 바뀌게 되겠죠. 따라서 외국 자본을 따르는 뒤늦은 국내 추종 매수 세력들이 생성될 거고요. 전 그걸 짐작해서 이미 저평가된 기업들에 자본을 투자해 놓은 상태입니다."

대남의 말에 백고래는 탄성을 금치 못했다. 단타 거래와 선물거래에만 집중하기보다 앞으로 변화하는 증권시장에 발맞춘 투자 기법을 가르쳐 주려 했건만, 이미 대남은 자신보다 몇 수 앞선 채로 투자를 행하고 있었다.

"내가 괜한 걱정을 했군. 하지만 정말 자네의 말처럼 그렇게 세상이 바뀌게 될까?"

"어르신께서도 아시지 않습니까. 증권가에 존재하는 의외성이 언제나 사람의 발목을 잡는다고 말입니다."

민물에서만 노는 송사리인 줄 알았는데 이미 바다로 발돋움한 것이 아닌가. 저 어린 나이에 그것이 가능한 것일까.

"대단하군, 어떻게 보면 자네는 이미 큰손의 반열에 올라섰군."

대남의 노련함에 백고래는 경외감이 담긴 시선으로 말했다.

석 달 뒤.

금양출판에서는 대남을 바라보는 시선들이 많이 달라져 있었다.

생방송 프로그램이 방영되고 난 뒤부터는 이미 일반인의 궤를 벗어나 천재로서의 이미지가 더욱더 부각되었기 때문에 편집팀의 직원들조차 대남에게 쉽게 말을 걸지 못하고 먼발치에서 바라보는 게 전부였다. 물론 가까운 사이였던 석혜영 대리만은 달랐다.

"대남 씨, 방송 정말 잘 봤어요. '대국민 퀴즈 쇼' 때도 엄청 났는데 이번에는 더 장난 아니던데요. 그리고 인터뷰한 거 사실이에요? 아나운서가 여태까지 얼마 벌었냐고 묻던데 대남 씨가 딱 손가락 한 개를 보여줬잖아요."

석혜영의 물음에 주위 사람들까지 궁금한 듯 자리에 앉아 귀를 쫑긋 세우는 게 눈으로 보일 지경이었다. 대남은 그런 관심을 몸소 받으며 운을 띄웠다.

"사실일까요? 석혜영 대리가 생각하기에는 어때요? 방송가에서는 터무니없는 이야기들을 부풀려 이야기하는 걸 좋아하잖아요. 정말 제가 백억을 벌었을까요?"

"음……."

"봐요. 솔직히 긴가민가하잖아요. 석혜영 대리만큼은 저를 예전과 같은 김대남으로 봐주셨으면 좋겠네요."

대남은 석혜영 대리의 물음을 애먼 말로 회피했다. 굳이 백억 원을 벌었다는 사실을 금양출판 내에서 다시 한번 더 각인시켜 봤자 직원들과 거리만 멀어지고 좋을 게 없을 것이라 생각했기 때문이다.

석혜영은 멀어지는 대남의 뒷모습을 바라보면서도 한참 동안이나 고민하는 표정이 역력했다.

"아버지, 이제 슬슬 사업 확장을 준비하셔야 하지 않겠어요."

대남은 사장실에 들어가 아버지를 바라보며 그렇게 말했다. 문화·예술계 전반적으로 사업 확장을 생각하고 있던 아버지로서는 아들의 말에 끄덕여 보일 수밖에 없었다.

이제 곧 있으면 아들이 사법연수원에 들어갈 나날이 다가오는데 더 이상 지체를 할 수도 없는 노릇이다.

"그런데 말이다. 금양출판에서 사업을 확장하려면 공간이 부족하지 않겠니. 가뜩이나 업무가 밀려 직원들도 보충하고 있는 처지니……."

"새 술은 새 포대에 담으라고 했다고, 굳이 금양출판에서 사업을 확장할 필요는 없죠."

"그럼……?"

대남은 사장실 한편에 붙어 있는 달력을 바라보며 말했다.

"사옥을 만들면 되겠죠."

그 시각, 증권가에선 희한한 말이 돌기 시작했다. 신성(新星)이 무리한 투자를 감행하고 있다는 소문이었다.

증권가의 증권맨들과 기관의 전문가들은 이러한 신성의 행태를 보고 감을 잃었다는 둥, 바보 같은 짓이라는 둥 손가락질하기 바빴다.

"어이, 그 이야기 들었어? 그 신성이라는 큰손이 이번에 태한화섬에 투자를 했다고 하던데. 워낙 큰돈이 움직인 거라서 소문이 파다해."

"태한화섬……? 미치지 않고서야 그런 데다가 투자를 왜 해. 차라리 은행에다 적금을 드는 게 더 이득이겠다. 그런데 태한화섬이 뭐 하는 회사야? 우리 쪽 투자 목록에는 있지도 않은 기업 같은데."

"나도 잘 몰라. 요즘 화학섬유 쪽이 아니라 건설주가 가장 호가인 걸 모르지 않을 텐데 신성이 왜 그런 바보 같은 짓을 하나 몰라. 돈이 많아서 그냥 적선이라도 하려는 건가."

대남에 관한 증권맨들의 이야기가 그렇게 오가고 있었다. 이때까지만 해도 대남을 바라보며 고개를 끄덕이는 이들은 없었다. 오히려 혀를 차며 눈먼 돈을 쏟아붓는다면 신성이 아니라 이제는 혜성이라 불러야 하지 않냐는 말이 생겨날 지경이었다. 별똥별이 하늘 아래로 떨어지는 것처럼 그의 금줄도 추락하고 있다는 비유였다.

"그런데 내년부터 이제 외국인 투자가 허용된다면서. 결국 죽어나는 건 우리 같은 말단 증권맨들이지. 너희 쪽 부장은 뭐래?"

"우리 쪽에서는 그다지 큰 관심이 없던데. 외국인들이 유입되어 봤자 한시적일 거라고 말이야. 걔네들이 한국 사정을 우리보다 잘 알겠어? 지금 주식시장은 그냥 쩐동 전 싸움 아니냐. 한쪽 세력이 많으면 그쪽이 그냥 이기는 거야."

증권맨의 말마따나 작금의 주식시장은 과거와 변함없이 머니 게임이 강세였다. 또한 개인 투자자들은 입소문에 의존하는 바가 높아서, 어느 한 기업의 주가가 오른다 싶으면 너 나할 것 없이 추종 투자를 하는 것이 대세였다.

한마디로 업종별로 주가가 올라 어느 한 건설 회사의 주가가 오르면 모든 건설주가 동반 상승했고, 어느 무역 회사의 주가가 떨어지면 모든 무역 회사의 주가가 동반 하락을 기록하는 장이었다.

하지만 그러한 판도가 바뀌는 것에는 그리 오랜 시간이 걸리지 않았다.

1991년 말을 기점으로 외국인 투자가 허용되면서 수많은 외국자본이 한국 증시를 향해 달려들었다. 외국인들의 유입은 한국 증시의 개인 투자자들이 가치 투자에 눈을 뜨게 되는 계기가 되었다.

대남이 한국대학교 법학과 4학년을 시작할 무렵, 증권가에선 기상천외한 주식들의 호재 소식에 감탄과 탄식 소리가 동시에 터져 나오고 있었다.

운이 좋아 투자 목록에 있던 기업들도 있었지만 대부분이 증권가에서 투자 대상으로 삼지 않았던 기업들이었기 때문이다.

"이, 이게 뭐야……!"

증권맨이 믿기지 못하겠다는 눈으로 차트를 읽어 내려갔다.

"태한화섬이……."

외국인들의 매수세에 기관과 개인 투자자들이 추종 매수를 시작하자 저평가되었던 기업들의 주가가 폭등하기 시작했다. 그리고 그 중심에는 태한화섬이 있었다.

대남은 학과장과의 약속에 따라 더 이상 전공과목에 출석하지 않아도 됐지만 시간을 여유롭게 할애할 수 있는 날에는 강의를 듣곤 했다.

하지만 4학년들 대부분이 사법 고시를 준비했기 때문에 강의실에는 빈자리가 많았다.

"요즘 자네 얼굴을 보기가 정말 힘이 들어."

박 교수는 오랜만에 자신을 찾아온 제자의 방문에 기분 좋은 듯 입가에 가볍게 미소를 머금었다.

대남이 방송 출연을 하고 난 후 얼마간의 시간이 지나고 나니 잠잠해지기는 했지만 그래도 대남을 향한 관심은 여전했다. 아직도 한국대학교 법학부로 대남의 방송 출연과 관련해 문의 전화가 오고 있었으니 말이다.

"교수님께서는 얼굴이 잔뜩 피신 것 같습니다."

"강의 중에 나를 곤란하게 하는 학생이 없어졌으니 그럴 만도 하지 않겠는가. 대남 군은 못 느꼈겠지만 교수들 대부분이 대남 군을 꽤 껄끄러워했지. 다른 법학도들과는 다르게 항상 규격 외의 질문을 하지 않나. 마치 법률에 대해 토론을 나누듯이 말이야."

"그 정도였습니까……?"

"정말 몰랐나 보군. 오죽하면 자네가 선택한 전공과목에 한해서는 교수들이 직접 자네가 할 만한 질문들에 관해서 예습을 하고 갔었지. 자칫했다가는 강의 도중에 망신살이 뻗치는 경험을 할 수 있으니 말이지."

대남은 자신에 관한 이야기를 박 교수의 입을 통해서 듣자 기분이 오묘해졌다.

전공과목을 수학하면서 법률적 질문을 강의 시간에 가끔 하긴 했지만 그것이 교수님들을 곤란하게 할 줄은 몰랐다. 아니, 돌이켜 보면 해당 법학 서적에는 나와 있지 않은 내용을 질문했으니 당연한 것이었는지도.

"그건 그렇고 아직도 법학부 행정실로 자네에 관한 이야기를 묻는 방송국 직원들이 많아."

"행정실로 말입니까?"

"자네가 연락이 안 되니까 방송국 입장에선 남은 곳이 학교밖에 더 있었겠는가. 들리는 말로는 아버지 회사로 연락을 취해도 도통 연락이 안 된다고 하던데. 대부분이 방송 프로그램의 출연자로 한 번 출연해 달라는 것들이지. 시간이 흘렀기는 하지만 아직도 자네의 모습을 궁금해하는 대중이 많으니 말일세."

"……"

대남은 쉽사리 대답할 수가 없었다. 더 이상 방송 출연을 하지 않겠다고 생각한 후로 아예 방송국에서 취해오는 연락을 받지 않았지만 학교 입장에서는 달랐나 보다. 아무래도 대남이 다시 한번 더 한국대학교 법학부의 위상을 드높이는 것도 나쁘지 않았으니 말이다.

대남의 생각을 읽은 것인지 박 교수가 고개를 저어 보이며 말했다.

"내가 조금 전에 말한 것은 신경 쓰지 말게나. 방송 출연에 본인이 관심이 없다고 하는데 강제로 시키지는 않을 터이니. 학과장님도 일전에 자네에게 부탁한 일이 있어서 또다시 제안하지는 못할 걸세. 그리고 이제 1년이 남지 않았는가, 사법연수원 입소까지."

"네, 이제 딱 1년이 남았습니다."

한국대학교에서 지낼 시간이 얼마 남지 않았다는 생각에 대남은 고개를 주억거렸다.

사법 고시를 치른 게 엊그제 같은데 벌써 일 년이란 시간이 흘러 있었다. 보다 일찍 사법연수원을 들어간 서찬구는 대남이 입소할 때쯤이면 연수원을 수료할 터였다.

"그리고 말일세, 자네 요즘에도 주식을 하나. 내 섣부른 걱정일 수도 있으나 주위에서 패가망신한 사람들을 많이 봐서 말이야. 자네야 워낙 똑똑하고 여러 방면으로 뛰어난 이이니 걱정일랑 넣어놓고 있었는데 이번에 한국 증시가 출렁이면서 주위 사람들이 피를 보니 염려를 안 할 수가 없더군."

대남은 박 교수의 말에 섣불리 대답할 수가 없었다. 외국자본의 유입으로 한국 증시가 출렁이면서 폭등을 했던 건설주가 하락장에 접어들었고, 그와 반대로 저평가되었던 기업들의 주가가 속속 상승세를 기록했다.

입소문을 따라 움직이는 증권가가 아닌 가치와 전망을 따져 보는 투자로 방법이 바뀐 것은 분명 칭찬해 줄 만한 사건이었으나 이 과정에서 많은 개미가 피를 봤다.

"교수님, 걱정하지 않으셔도 됩니다."

"그렇다면 다행이군. 이번에도 꽤 많이 차익을 얻었나?"

"어부지리로 약간의 이득을 봤습니다."

대남은 자신의 수익을 '약간'이라고 표현했지만 실상은 전혀 달랐다. 만약 박 교수가 대남의 재산을 알게 된다면 그의 밑에서 주식을 배워보겠다고 하지는 않을까.

대남의 오묘한 미소에 박 교수는 고개를 갸웃거렸다.

증권가에선 외국인들의 매수세에 기관과 개인 투자자들이 추종 매수를 시작해 저평가되었던 기업들이 무섭게도 상승장을 기록하고 있었다.

그리고 그 중심에는 태한화섬이 있었다. 백고래는 상황이 이렇게 흘러가자 헛웃음이 나올 수밖에 없었다.

"수십 년을 증권가에서 살다시피 했는데 한 치 앞도 제대로 예견하지 못했군."

자조적인 그의 웃음소리에는 지난날의 기억들이 고스란히 담겨 있었다.

언제부턴가 증권시장의 전설로 자리매김하면서부터 자신은 그 누구보다도 현명한 시선으로 증권가의 미래를 바라보고 있다고 생각했건만, 연륜의 관록이 천재의 혜안 앞에 무너질 줄이야.

"정말로 대단하군. 태한화섬이 그렇게 몇 개월 만에 십여 배에 달하는 성장세를 보일 줄은 상상도 못 했어. 자네는 어떻게 그리 확신할 수 있었던 것인가."

"외국인들과 한국 기관과 개인 투자자들의 성향 차이를 파악했기 때문입니다. 입소문에 의존하는 한국 투자자들보다 외국인들은 기업의 내재 가치와 성장성, 주가수익비율을 따져보고 투자를 합니다. 그렇기 때문에 저평가되었던 기업 중 미래

성장 가치가 있는 기업들 위주로 폭등을 맞이할 수밖에 없었죠. 화학섬유업 자체가 현재 시장이 알아주지 않는 종목이었으니 외국인들은 땅바닥에 떨어진 금덩어리를 허리 숙이는 정도의 수고를 해가며 공짜로 줍다시피 했을 겁니다."

대남의 말처럼 외국인 주식 투자의 문호가 개방되면서부터는 한국 증시는 국제적 분산투자의 대상이 되었을 정도로 아주 맛 좋은 먹잇감이나 다름없었다.

그들의 눈에는 마치 길거리에 뭉칫돈이 떨어져 있음에도 아무도 가져가지 않는 꼴로 보였을 것이다.

"내기에선 내가 참패를 했군. 사실 자네에게 내기를 제안했을 때만 해도 이번 기회에 코를 납작하게 해줘서 하늘 위에 하늘이 있다는 것을 알려주려고 했건만, 오히려 그 반대의 상황이 되어버렸으니 내 참 허탈할 따름이지."

"아닙니다. 어르신께서는 한평생을 증권가에서 혁혁한 입지를 세우시지 않으셨습니까. 제가 이번에 운이 좋았습니다."

"운이 좋다라. 자네도 알지 않는가, 증권가에서 운이란 재능이라는 것을. 내기한 약조대로 자네가 원하는 종로의 건물은 싼값에 넘겨주도록 하지."

백고래는 대남을 바라보며 말했다. 그의 눈동자엔 수많은 상념이 가득했지만 대남을 바라보는 시선만큼은 할아버지가 손주를 바라보는 애틋한 눈동자처럼 따스함이 넘쳤다.

"앞으로 세상이 어떻게 바뀔 거라고 생각하는가."

"3당 합당이 이뤄졌으니 앞으로의 판도는 많이 바뀔 겁니다. 실질적으로 대통령 자리를 YS가 약속받은 것이나 다름없으니 말이죠. 그렇게 된다면 제가 일전에 방송에서 말했던 것처럼 금융실명제가 이뤄질지도 모릅니다. 언론에서는 이미 민자당이 대선 공약으로 금융실명제를 추진 중에 있다고 하니 말이죠."

"금융실명제가 이뤄지면 또다시 주가가 급락하는 파동이 일어날 거라고 보는가?"

백고래의 물음에 대남은 고개를 저어 보였다.

"그 반대입니다."

"반대라니?"

"실질적으로 금융실명제가 시행되면 지하 자금이 일시에 해외로 빠져나가 대한민국의 경제가 흔들린다고 하는데, 그건 대한민국의 경제를 움직이는 근간을 모르는 시정잡배들이 하는 말이나 나름없습니다. 개인 투자자들이 공포에 질러 투매(投賣)를 시작할 테지만 곧 소강상태로 접어들 터이고 1979년 10·26사태와 동일하게 짧은 위기를 뒤로하고 기회가 찾아올 겁니다."

백고래는 대남의 말에 크게 고개를 주억거렸다.

이미 증권가의 전문가들은 내년을 눈여겨보고 있었다. 노태후 정권의 집권이 끝나고 차기 정권이 들어서게 되면 수많은 법률적 제도가 변화를 맞이하게 될 것이다. 그리고 그중에는 부동산실명제와 마찬가지로 금융실명제가 자리하고 있었다.

대남의 날카로운 판단에 백고래는 등골이 스산해지는 기분이 들었다.

"대남 군, 일전에 자네가 저평가되었던 기업들에 투자를 감행했다고 하였지. 어느 기업들에 투자를 했는지 내 알 수 있겠는가."

"태한화섬을 제외하고 대한산업, SYC, 동성모직 등이 있습니다."

백고래는 다시 입을 벌렸다. 대남이 말한 기업들은 하나같이 이번 외국인들의 유입으로 호재를 맞이했던 기업들이다.

하나같이 저평가되어 있고 국내 기관과 투자자들에게 외면받았던 기업으로서 주가가 낮았지만 불과 몇 달 새 웬만한 중견 기업 못지않게 주가가 오른 기업들이었다.

"정말 놀랍군. 더 이상 신성이라 불리는 게 웃긴 일이 되겠어. 이제는 증권가에서 그 누구도 자네를 무시 못 할 걸세. 설령 돈이 많다고 한들 자네의 안목을 살 수는 없을 테니 말이지. 내 자네를 위해서 마지막으로 한 종목을 추천해 주지. ST 텔레콤도 조만간에 떠오를 기업일걸세."

백고래의 말에 대남이 짧게 고개를 끄덕이며 말했다.

"어르신, 이미 그 기업의 주식도 샀습니다."

이튿날, 대남은 아버지와 함께 종로구로 향했다.

서울시청이 인접한 종로구에는 유난히도 대형 그룹들의 사옥이 다수 자리하고 있다.

작년에만 하더라도 교보문고와 양대 산맥을 이루는 영풍그룹의 신사옥이 건설 중이었는데 지금은 막바지에 이르러 완연한 건물의 형태를 갖추어가는 중이었다.

대남이 도착한 곳은 종로구의 노른자위라 일컬어지는 곳이었다.

상권이 형성되고 업무용 빌딩이 계속해서 들어서는 이곳에 예부터 자리하고 있었던 건물이 있었다. 지하 2층, 지상 7층, 총면적 1,380평에 달하는 건물로 본래는 층마다 상가를 비롯한 회사들이 입주해 있었으나 반년 전부터 구조 변경을 목적으로 공실로 비워두고 있는 상태였다.

대기업에서도 건물 부지가 마음에 들어 노리고 있었지만 건물주의 완고한 고집을 꺾을 수가 없어 매입할 수가 없었다.

"대남아, 이 건물은 왜 보러 온 거냐?"

아직 리모델링이 끝나지 않았지만 그래도 건물 자체에서 풍기는 위압감에 움츠러들 수밖에 없었다. 아버지 또한 이 건물이 종로 노른자위에 있다는 것을 모르지 않았기에 의문이 든 것이다.

"제가 일전에 말씀드렸잖아요. 새 술은 새 포대에 담아야 한다고. 여기가 우리 금양출판, 아니, 황금양이 새로 기지개를 켤 새 포대예요."

"……뭐?"

아버지는 당신의 귓가를 의심하며 눈을 가늘게 떴다. 주위를 둘러봐도 이만한 건물에 세를 놓고 들어가려면 웬만한 수입으로는 유지가 안 될 가능성이 높았다.

뱁새가 황새 따라가다 가랑이가 찢어진다고, 너무 무리하는 게 아닌가 싶은 생각이 들었다. 하지만 그러한 아버지의 생각을 읽은 것인지 대남이 손사래를 치며 말했다.

"아버지, 괜찮아요."

"대남아, 그래도 말이다. 이 정도 위치에 이만한 건물을 빌리려면 다달이 들어가는 돈이 꽤 될 텐데 지금 금양출판이 잘되고 있다고 해서 너무 무리한 위치에 사옥을 만들려는 게 아닌가 싶구나."

아버지는 대남의 말에도 불구하고 염려스러운 듯 보였다.

"다달이 나갈 돈 없으니까 걱정하실 필요 없어요."

"그게 무슨 소리냐……?"

아버지의 의아한 물음에 대남이 건물을 향해 발을 내디디며 말했다.

"제 거예요."

- 7장 -
건물주이로소이다

종로구의 노른자위에 위치한 건물은 아버지의 입을 다물지 못하게 했다.

구조 변경과 건물 보수를 함께 진행하고 있었기에 내부는 공사가 한창이었다.

일제시대 독립운동가 겸 건축가였던 최학웅 선생께서 직접 설계와 디자인을 맡았기에 외관은 고풍스러운 미가 한껏 드러났다. 신축 건물들로 붐비는 종로에 마치 고고한 한 마리의 학을 보듯 본건물은 우아한 자태를 뽐내고 있었다.

아버지는 좀 전의 대남의 말이 믿기지 않는다는 듯이 어안이 벙벙한 표정으로 되물었다.

"대남아, 조금 전에 도대체 뭐라고 한 거냐⋯⋯?"

"제 거라고요."

"아들아, 이 건물이 네 거라고······?"

대한민국은 현재 부동산 붐이라고 해도 과언이 아닐 정도로 전국 각지의 땅값이 오르고 있는 추세였다.

대기업들의 사옥이 강남을 비롯해 서울 전역에 세워지고 있었고 학군과 역세권이 맞물리는 곳에는 땅값이 천정부지로 치솟았으나 위 건물만큼은 앞선 항목들을 포함하면서도 또 다른 의미로 유명했다.

건물 내부는 한국전쟁의 여파로 보수가 불가피했지만 건물 그 자체는 내로라하는 당대의 건축가였던 최학웅 선생의 역작이라고 표현할 만한 명건물(名建物)이었다.

아버지 또한 어깨너머로 들은 얘기가 있는 터라 대남의 말이 실감이 나지 않는 듯했다.

"이 건물을 어떻게 샀단 말이냐, 값어치로 도저히 따질 수가 없는 것일 텐데······."

아버지는 아직도 현실이 체감되지 않는 듯 건물 내부를 찬찬히 살펴보았다. 대남은 그러한 아버지의 모습에 미소를 머금으며 말했다.

"건물주랑 내기를 했었거든요."

"······내기?"

도대체 어떤 내기를 했었기에 이 건물을 살 수 있었던 걸까. 대남은 아버지의 의문에 수많은 과정을 생략하고 결과만을 말해주었다.

"내기에 이겼어요."

"……."

"이제 제가 건물주입니다."

금양출판은 공모전 개최 이후로 출판업계에서 가장 뜨거운 태양으로 부상하고 있었다.

출판업계와 근접한 관계를 유지하고 있는 서적업계의 교보, 영풍과 같이 대기업에 비할 바는 못 돼도 출판 탄압을 당했던 과거를 생각하노라면 장족의 발전이었다.

"대남 씨, 기사 봤어요? 이번에 저희 금양출판에 관해서 조간신문에 대문짝만하게 보도가 되었어요! 공모전에서 당선된 작품들도 지금 출간 작업을 준비하고 있고 충무로에서도 러브콜이 많이 왔잖아요. 그런 이유로 언론에서 금양출판을 출판업계의 터닝 포인트라 말하고 있어요."

석혜영은 아침 일찍 조간신문을 읽어보고는 한껏 상기되어 있는 채였다. 구름 위를 걷는 듯 들뜬 그녀의 목소리는 대남의 귓가를 즐겁게 했다.

그녀의 말마따나 금양출판은 여태껏 출판업계의 전무후무

한 기록을 갱신하며 언론에 노출이 자주 되었다.

　물론 좋은 기사만이 존재했던 것은 아니다. 신문사를 표방한 황색언론(黃色言論)에선 고난의 시대와 마찬가지로 현대사의 비극을 관통하는 주제의 책들을 발간한 금양출판을 좋게 보지 않았다.

　금양출판에서 발간한 서적들을 전부 불온서적으로 규제를 해야 한다는 말까지 나왔을 정도니 그 파장이 얼마나 컸는지 알 수 있다.

　"요즘에는 H신문사에서 저희 출판사를 괄시하는 기사들이 보도 안 되나 봐요?"

　"그런 개뼈다귀 같은 곳은 신문사도 아니에요. 항상 자극적인 기사만 써오고 말도 안 되는 루머를 사실처럼 부각시키잖아요. 사람들도 이제는 안 믿어요. 그리고 요즘에는 저희 출판사가 이미지가 좋은 쪽으로 비쳐서 그런지 그런 기사는 쓰지도 않더라고요."

　들떠 있던 표정의 석혜영은 잠시 H신문사 때문에 미간을 찌푸렸으나 이내 원래대로 표정이 밝아졌다.

　불과 몇 년 전만 하더라도 출판업계에서 일하는 것은 벌이도 좋지 않고, 미래도 좋지 않은 직업으로 인식되었으나 이제는 판도가 달라졌으니 기분이 좋을 만도 했다.

　더군다나 그 판도의 중심인 금양출판에서 일을 하고 있지 않나. 애사심이 안 생기려야 안 생길 수가 없었다.

"대남 씨, 이번 공모전에서 당선된 작품들 보셨어요?"

"다 보지는 못했는데, 금·은·동을 수상한 작품들은 다 보았어요. 신예 문인이 많이 탄생할 것 같던데요. 어디에 그렇게 숨어 있는 건지 해가 지나면 지날수록 대단한 작품들이 나타나니 저도 놀랍더라고요."

대남의 말처럼 문단계의 전체적인 질이 올라가고 있는 추세였다. 아무래도 3억 원이라는 거액의 상금이 걸린 공모전이 매년 개최되다 보니 다시 문단으로 돌아오는 문인이 있는가 하면, 글을 전문적으로 쓰기 위해 생업을 포기하고 달려드는 사람도 생겨날 지경이었다.

죽어가던 문단에 다시 생기가 감도니 정체되어 있던 수준이 올라가는 것은 당연한 결과였다.

"순위권에 당선된 작품들 말고 안타깝게 낙선한 작품 중에서도 괜찮은 글이 많았어요. 특히 연극이나 뮤지컬 대본뿐만 아니라 영화 시나리오, 각본을 공모전에 출품한 분들도 있었어요. 제가 보기에는 꽤 마음에 들었는데 아무래도 심사 위원님들 눈에는 아닌가 보더라고요……."

"석혜영 대리는 항상 느끼는 건데 글을 참 좋아하는 것 같아요. 장르를 불문하고 다 반기잖아요. 저희 출판사 직원 중에서 심사 위원분들을 제외하고 공모전 출품 작품들을 가장 많이 읽은 분은 분명 석혜영 대리일 거예요."

대남의 칭찬에 석혜영의 얼굴이 홍시처럼 벌게졌다. 석혜영은 애초에 글이 좋아 출판사에서 일을 하는 건지도 몰랐다.

그녀의 입사 지원서를 살펴보면 신춘문예에 등단하여 작가가 되는 것이 꿈이었으나, 글을 쓰는 재능보다 읽는 재능이 있어 진로를 변경했다. 그리고 그 재능을 금양출판을 위해 써보고 싶다고 말하고 있었다.

대남은 우연찮게 아버지의 방에서 그녀의 입사 지원서를 읽어보고 자연히 고개를 끄덕일 수밖에 없었다.

"석혜영 대리는 문학 작품 말고도 여러 분야에 걸쳐서 관심이 많은 것 같은데, 영화나 드라마 쪽도 관심이 많아요?"

"물론이죠. 각본 말고도 연극이나 뮤지컬도 좋아해요. 배우들의 연기도 감명 깊게 보긴 하지만 그것보다는 글이 좋거든요. 그래서 대학교도 문예창작학과를 졸업했잖아요. 글은 그무엇보다도 그 자체만으로도 희로애락을 다 선사하잖아요. 어떻게 보면 글 속에 인생이 담긴다고 표현해도 좋을 거 같고……. 참, 제가 별 이상한 이야기를 다 하네요. 문창과가 아니라 철학과를 지원했어야 했나."

"석혜영 대리, 이직할 생각은 없나요?"

"이직이요?"

대남의 갑작스러운 제안에 석혜영은 놀란 기색이 역력했다.

"아, 이직이라고 표현을 해서 그런가요. 금양출판이 앞으로 사업을 확장할 생각이거든요. 기존의 출판사는 그대로 유지하고 문화·예술계와 관련한 사업을 할 생각인데 석혜영 대리가 딱 적합한 것 같아서요."

금양출판에서 사업을 확장하는 것이라고 하자 그녀는 그제야 안도의 한숨을 내쉬었다. 일전에도 사장님께서 주간 회의 때마다 사업 확장에 관한 서두를 꺼낸 적이 있던 터라 처음 듣는 얘기처럼 낯설게 느껴지지는 않았다.

"고민을 좀 해봐야겠어요. 그런데 앞으로 사업을 확장하면 새로운 이름을 쓸 텐데 사명이 어떻게 되나요?"

대남은 때마침 책상 위에 놓여 있던 오리 문양의 볼펜 촉을 매만지며 입을 열었다.

"황금알을 낳는 오리처럼, 황금 양모로 세상을 뒤덮으라는 의미에서 'Golden sheep'이에요."

금양출판에 관한 이야기가 대두되고 있을 무렵, 금양출판과 관련해 또 다른 화젯거리가 기자들을 자극했다.

종로구의 노른자위에 설립되었던 故최학웅 선생의 명건물의 명의가 김대남으로 변경되었다는 이야기였다. 서울 전역의 부동산업계가 그 소문으로 들끓고 있었기에 자연히 발 빠른 기자들의 귓가에 들릴 수밖에 없었다.

"취재하러 오셨다고요?"

"예, 저는 K신문사의 시사부 소속 기자 설익태입니다."

"시사부 소속 기자분이 왜 금양출판에 취재를 하러 오신 거죠……?"

"제가 시사부 소속이기는 해도 원체 문학작품에 관심이 많아서 금양출판과 관련한 기사를 여럿 써왔습니다. K신문사를 통해 보도된 자료들을 살펴보시면 대부분이 제 이름으로 나간 기사들이에요. 제가 김동율 작가님 왕팬이거든요."

대남은 그제야 설익태의 이름이 생각났다. 한 번 들으면 잊기 힘든 이름이라 기억에 선명히 남아 있었다.

K신문사는 금양출판에 우호적인 기사를 써주는 신문사였는데 그 대다수의 기사가 설익태 기자의 이름으로 보도된 것들이었다.

우호적인 기사를 써주는 기자의 취재를 굳이 마다할 까닭도 없었기에 대남은 흔쾌히 취재를 수락했다.

"대남 씨, 정말 감사합니다. 솔직히 금양출판에 미리 연락드리지도 못하고 와버려서 취재를 수락 안 하실까 봐 조마조마했었거든요. 이제 사법연수원 입소까지 1년이 채 안 남으셨죠?"

"저에 대해서도 잘 알고 계시는군요."

"당연한 거 아니겠습니까. 대남 씨가 작년 출연한 프로그램들이 공전의 히트를 기록했는데 기자로서 모를 리가 있나요. 그럼 본격적인 취재를 하기에 앞서 한 가지 묻겠습니다. 대남 씨께서는 남은 1년을 어떻게 보내실 생각이십니까?"

"시간이 아깝지 않게, 그리고 앞으로 다가올 미래를 위해서라도 많은 것들을 해볼 생각입니다."

대남의 대답에 기자는 흡족한 듯 미소를 지어 보였다.

"이런 질문에까지 대답해 주시는 대남 씨께 정말 감사드립니다."

"괜찮습니다. 한데 취재하고 싶은 내용이 어떤 겁니까?"

"종로구에 위치한 故최학웅 선생이 직접 설계한 건물 있지 않습니까. 워낙 노다지 건물이라 대기업에서도 그 부지 선점을 여러 차례 시도했으나 여태껏 건물주의 완강한 고집 탓에 번번이 무산되고 말았죠. 결국 대기업에서도 두 손 두 발 다 들었고 말입니다. 그런데 들리는 소문에 그 명건물의 소유주가 김대남 씨로 명의가 변경되었다던데 이와 관련해서 취재를 하고 싶습니다."

대남의 물음에 기자는 기다렸다는 듯이 입 밖으로 말을 뱉어냈다. 대남이 소유하게 된 건물이 원체 부동산업계에서 입방아를 찧었던 곳이라 이런 관심을 예상하기는 했었다.

대남이 고개를 한 번 끄덕여 보이자 기자가 다시금 물었다.

"김대남 씨께서 그 건물을 매입하신 이유를 물어도 되겠습니까. 그리고 매입 과정이 어떻게 이루어졌는지도요. 대기업에서 시세에 수배를 준다고 해도 팔지 않았던 건물이었으니 말이죠."

"매입 과정은 가르쳐 드릴 수가 없습니다. 그리고 그 건물을 매입한 까닭은 앞으로 금양출판의 사업 확장 때문이라고 말씀 드릴 수 있겠군요."

"사업 확장 말입니까? 출판사의 규모를 더 키우신다는 말씀이신가요."

"아닙니다. 문화·예술계 전반적인 사업 확장을 뜻하는 겁니다."

문화·예술계의 전반적인 사업 확장이라는 말에 기자가 눈을 크게 떴다. 금양출판에서 출판사뿐만 아니라 다른 줄기로 사업을 뻗어내겠다는 뜻이니 꽤나 흥미로운 이야깃거리였기 때문이다.

"흥미로운 이야기가 아닐 수 없군요. 이미 출판업계에서 역사를 새로 쓰고 있는 금양출판이 문화·예술계를 향한 사업의 방향키를 돌린단다. 과연 침체되어 있는 문화·예술계의 태동이 다시 시작될 것인가! 정말 제대로 된 기삿거리가 나올 수 있겠는데요. 제가 대남 씨가 만족할 만한 기사를 써드리겠습니다."

"항상 금양출판에 관해서는 좋은 기사를 써주시지 않으셨습니까. 그렇게 말해주시니 감사하군요."

"그럼 마지막으로 여쭤보겠습니다. 현재 건물의 실소유주가 김대남 씨로 되어 있는데 혹 대남 씨께서 앞으로 금양출판의 사업 확장을 하는 과정에서 맡는 직무라도 있으신 건가요?"

"앞으로 새롭게 꾸며지는 기업은 금양출판이라는 이름을 쓰지 않습니다. 어떻게 보면 독자적인 기업체라고도 볼 수 있을 겁니다. 그리고."

대남이 짐짓 뜸을 들이자 기자가 볼펜을 잡은 손아귀에 힘을 주며 귀를 기울였다. 이윽고 대남이 자세를 고쳐 앉고는 말했다.

"제가 그 기업의 대표입니다."

- 8장 -
천재의 행보

대남의 말에 조막만 했던 기자의 눈이 찢어질 것처럼 커졌다. 종로구 노른자위에 새로운 사옥을 세우는 것도 모자라 그 기업의 대표가 김대남이라니, 그저 놀라울 따름이다.

"잠, 잠깐. 지금 방금 대남 씨가 문화·예술계 전반에 영향을 미치는 기업의 대표라고 하셨는데 제가 들은 게 맞습니까?"

"정확히 들으셨네요. 맞습니다."

대남의 확언에 기자의 어리둥절했던 표정이 놀라움을 거쳐 환희로 물들었다.

단순한 건물주의 부상(浮上)인 줄 알았으나 새로운 기업의 태동을 자신의 손으로 찾아낸 것이다. 더군다나 그 기업의 대표가 세간의 관심을 끌었던 20대 천재라니. 대중의 입맛을 다시게 할 특종이 아닐 수가 없었다.

"하지만 실질적인 의미에서의 대표는 아닙니다."

"그게 무슨 말씀이십니까……?"

"기자님께서도 아시다시피 저는 1년 후면 사법연수원에 입소해야 합니다. 2년의 사법연수원 기간 동안 사업에 전념할 수는 없을 테지요. 실질적인 대표의 자리는 현 금양출판의 김대철 사장, 즉 저희 아버지께서 맡아 하실 겁니다. 전 그 기반을 함께 쌓아 올릴 예정이고요. 그리고 때가 되면 대표의 자리를 다시 찾을 겁니다."

대남의 말을 받아 적는 기자의 손놀림이 바빠졌다.

사법시험을 합격한 것만으로도 등용문에 올랐다고들 말한다. 더욱이 범죄와의 전쟁을 선포한 이후로 검찰과 사법부의 영향력이 나날이 강해져 가는 이때, 법복을 입은 이들의 힘은 그야말로 무소불위라 표현할 만큼 가릴 것이 없었다.

그런 데도 또 다른 꿈을 품고 있다니, 맞은편에 앉은 청년의 미래가 실로 궁금해지는 대목이었다.

"그럼 마지막으로 한 가지만 더 묻겠습니다. 법조인으로서의 미래도 보장되어 있는 대남 씨께서 이렇게 다양한 방면으로 재능을 표출하시는데, 궁극적인 삶의 목적이라든가 지향점을 알 수가 있을까요."

"삶의 목적 말입니까?"

"네, 대남 씨께서 TV에 모습을 비친 뒤부터는 요즘 전국의 학부모들 사이에서 '김대남처럼 키우기'라는 운동이 번질 정도로 학구열에 관심이 많아졌잖아요. 젊은 나이에 그 정도 천재성을 보이려면 남들은 상상도 못 할 노력은 당연한 것이고 어떤 환경에서, 무슨 생각을 품고 자랐는지가 가장 큰 쟁점이니 말입니다."

기자의 물음에 대남은 눈을 잠시 감았다가 떴다. 무협지의 주인공이 기연을 얻듯, 갑작스레 발현된 초능력은 대남의 인생을 새로운 2막에 접어들게 했다.

머리가 절로 똑똑해짐에 따라 생각의 변화와 남들은 보지못할 혜안이 생겨났다. 하지만 그중 과거부터 변하지 않았던 것이 있다면 단연코 가치관일 것이다.

이윽고 대남이 볼펜을 쥔 채 자신의 말을 경청하고 있는 기자를 바라보며 말했다.

"행복을 위해서입니다."

"행복이라니요?"

기자의 물음에 대남은 짐짓 뜸을 들이다 단호한 목소리로 입을 열었다.

"남들에겐 행복의 지표가 돈이 될 수도, 사랑이 될 수도 있을 겁니다. 전 제가 받은 것이 많기에 그만큼 돌려주자는 주의입니다. 천재의 한 발자국은 조국을 변화시키고 성현의 약진은 세상을 변화시킨다고 생각합니다. 저도 앞으로의 행보를 통해 많은 사람에게 긍정적인 영향을 주고 싶군요."

1992년, 대한민국은 변화를 맞이하고 있었다. 노태후 정권에서 중국(중화인민공화국)과 역사적 수교를 진행하고 있다는 소문이 감돌기 시작했다.

중국이라는 거대한 자본시장을 앞에 두고 기업들은 발 빠르게 움직이기 시작했고, 한편으론 다가올 대선을 두고 말들이 많았지만 암중에 차기 대통령이 누가 될지는 다들 예상을 하고 있었다.

[천재의 포부 김대남 曰 '세상을 변화시키고 싶다.']

사법연수원의 노교수는 대한민국에 범람하는 기사들 가운데, 하나의 기사를 빤히 바라보고 있었다.

"대단한 재목이야."

과거 치러졌던 제32회 사법 고시는 수많은 말을 낳았다. 여태껏 수석 합격자들의 모습이 그러했듯, 32회 사법 고시 수석 합격자 또한 법학 서적을 옭아맨 천재에 불과하다고 생각했었다.

하지만 사법 고시가 끝나고 보인 그의 모습은 법조계를 진

동케 했다. 아직 입소하지도 않은 사법연수원생을 두고 연수
원에서도 말이 나올 정도니 그 파장이 실로 대단했다.

"이 친구랑 친했다고, 자네?"

"예, 교수님. 모교에서 선후배 사이로 지냈습니다. 학생회장
을 하면서 알게 된 사이인데 나이 차이가 있음에도 친구처럼
막역하게 지냈습니다."

노교수의 앞에는 서찬구가 앉아 있었다. 달마다 이뤄지는
담당 교수의 면담을 하기 위해 찾은 자리에서 우연찮게 대남
에 관한 기사를 둘이 동시에 보게 된 것이다.

"자네가 보기엔 어떠하던가."

"무엇을 말씀이십니까?"

"김대남이라는 이 친구 말일세. 곁에서 지켜봤다면 더욱 잘
파악했을 테지. 솔직히 이 늙은이의 가슴을 이렇게 두근거리
게 하는 친구는 실로 오랜만이라서 말이야. 물론 지금 수료 중
인 자네들이 부족하다는 건 아닐세."

서찬구는 노교수의 말을 십분 이해했다. 대학교를 다닐 때
만 해도 서찬구는 자신이 수재 중의 수재라고 생각하고 있었
다. 전국에서 내로라하는 학생들이 모인다는 한국대학교 법학
부에서 학회장을 맡으면서 그 생각은 더욱 단단해져 갔었다.
하지만 절친한 친구가 남영동에서 모진 고문을 당하고 난 뒤
부턴 자신의 생각이 착각이라는 것을 깨달았다.

"그 친구는 제 내면이 변화하도록 이끈 사람입니다."

"내면을 말인가?"

"저는 위선자였을지도 모릅니다. 법학도니까 세상에 관심 있는 척 변화를 부르짖으며 친구들에게 동조할 것을 요구했지만 김대남이라는 그 친구는 직접 나섰습니다. 말밖에 하지 않는 이가 아니라 실로 행동으로 보여주는 이였습니다. 그때 느꼈습니다. 우물 안의 개구리가 다름 아닌 저였다는 사실을."

서찬구의 말이 이어질수록 노교수는 귀를 기울였다.

고검에서의 생활에 염증을 느껴 사법연수원에 검찰 교수직으로 파견을 온 것이었다. 앞으로 법조계를 이끌어갈 총명한 후학들을 보고 있자면 기분이 좋았지만 한편으론 걱정도 되었다. 출로가 없는 고인 물을 정화시키기란 참 힘든 법이다.

"그 친구 입소가 내년이라고?"

"네, 저희 기수가 수료하고 난 후 다음 기수로 들어올 겁니다."

내일을 기다리듯, 내년을 기다리는 그의 눈동자엔 생기가 감돌기 시작했다.

"아, 좀 밀치지 말라니까요."

Golden sheep, 이른바 황금양이 드디어 모습을 드러냈다. 종로구에 위치한 故최학웅 선생의 명건물을 사옥으로 만들어 사업의 기개를 피기 시작한 것이다.

출판업이 아닌 문화·예술계 전반적인 사업 확장을 위해 그만큼의 새로운 인원 충당을 필요로 했다.

면접 당일, 수많은 사람이 황금양으로 모여들었다. 이미 이력서가 통과된 이들이었지만 그들 또한 이처럼 많은 지원자가 있을 줄은 꿈에도 생각하지 못한 표정이다. 이미 대기실은 북적이는 사람들로 발 디딜 틈이 없었다.

"137번 김한용 씨, 면접실로 들어오세요."

김한용은 매니지먼트업계에서 잔뼈가 굵은 인물이었다. 다만 기획사의 무분별한 횡포와 갑질에 못 이겨 사직서를 쓰고 나왔다. 구직을 알아보던 찰나에 황금양이라는 기업에 대해서 알게 되었다. 무엇보다 황금양의 복지와 급여가 마음에 들었다. 또한 문화·예술계와 관련한 사업이라면 자신이 반드시 쓸모 있을 터였다.

그렇게 부푼 기대를 품고 온 김한용은 면접 당일 면접실을 수두룩하게 메운 대기자들을 보고는 아연실색한 표정이 될 수밖에 없었다.

이윽고 한용은 직원의 안내를 따라 면접실로 발걸음을 옮겼다. 그는 긴장한 기색이 역력했다.

"김한용 씨, 반갑습니다."

긴장했던 마음과는 다르게 면접장의 분위기는 여유로웠다. 김한용은 자신의 눈앞에 있는 임원진을 살펴봤다.

매니지먼트업계에서 오랫동안 몸을 담고 있어서인지 사람의 외관으로 먼저 인상을 파악하는 것이 버릇처럼 되었다.

'저 사람이 사장님이군.'

가운데 앉아 있는 분이 사장님이란 건 한눈에 알 수가 있었다. 금양출판의 사장직을 겸하고 있는 김대철 사장은 출판업계에서도 꽤나 유명한 인물이었기 때문이다.

또 다른 임원들을 살펴보던 김한용의 시선에 한 사람이 눈길을 끌었다.

'저 사람인가, 그 유명한 청년이.'

언론에서 하도 시끄럽게 떠들어서 모를 수가 없는 인물이다. 김대철 사장의 외동아들로 알려진 김대남은 천재라 불리며 다방면에서 활약을 보여주었다.

새로이 발족하는 황금양에서도 한자리를 톡톡히 꿰차고 앉을 거라는 말이 있어 놀랍지는 않았다.

다만 천재라는 선입견과는 다르게 말을 아끼는 모습이 영이 자리와는 어울리지 않는단 생각이 들었다.

"김한용 씨."

그 순간, 김한용의 귓가로 대남의 날카로운 목소리가 파고

들었다.

"김한용 씨는 白기획사 설립 초창기부터 업무를 보셨네요? 실장직에 계시다가 몇 개월 전 사퇴를 하시고 나오셨는데 어떤 이유에서 그러신 것인지 묻고 싶군요. 白기획사 대표 또한 설립 멤버를 내보내기는 싫었을 것 같은데 말입니다. 뭐 업무에 싫증을 느끼셨다면 또다시 비슷한 업종에 지원할 까닭은 없으셨을 테고."

"그게……."

"말씀하기 싫다면 이 자리에서 일어나셔도 좋습니다."

대남의 말에 김한용은 침음을 삼켰다. 하지만 이 자리를 박차고 일어날 수는 없는 노릇이었다. 자신을 믿고 따라주는 처자식을 위해서라도 말이다.

이윽고 김한용이 결심한 듯 굳게 닫혀 있던 말문을 열었다.

"白기획사는 본래 조직폭력배들과 연관되어 있다고 업계에 소문이 나 있습니다. 알 만한 사람들은 다 아는 사실입니다. 기획사 대표가 원래 조폭 생활을 했던 사람이니까 말이죠. 그래서인지 기획사 자체의 업무 강도도 고될뿐더러 급여 지급 또한 원활히 이루어지지 않았습니다. 소속 연예인들에게도 제대로 된 대우를 해주지 않는 회사인데, 직원들이라고 별다르겠습니까……."

"김한용 씨께선 그렇게 부당한 일을 당하셨는데, 기획사 대표를 상대로 고소 같은 건 생각해 보셨습니까"

김한용은 용기를 내어서 실토를 했지만 도리어 돌아온 대남의 말에 한숨을 내쉬었다.

'천재라고 세상이 떠받들어 줘도 아직은 어린애군.'

白기획사에서 모진 일을 당했다고는 해도 내부 고발을 할 수는 없는 까닭이었다. 사장이 조직폭력배라는 것도 한몫했지만 그쪽 업계가 얼마나 좁은지 김한용은 뼈저리게 알고 있었다.

만약 검찰에 고발이라도 했다가는 더 이상 자신은 그쪽 업계로 발도 못 내밀뿐더러 정치권에도 꾸준히 상납을 하는 白기획사는 당연히 제대로 된 처벌을 받지 않을 게 뻔했다.

"제가 아무리 소리쳐 봐야 무슨 소용이 있겠습니까, 계란으로 바위를 치는 것보다 더 무모한 일입니다. 똥이 더러워서 피한다는 말이 있지만 이 경우에는 더럽기보단 무서워서 피하는 게 맞다고 봐야 합니다."

김한용의 말에 면접 위원석 정중앙에 앉은 아버지는 고개를 주억거렸다. 연예계 쪽이 군부대만큼이나 비리가 많고 정재계 할 것 없이 더럽게 결탁이 되어 있다는 이야기는 익히 들어서 알고는 있었다.

때문에 김한용의 선택을 용기없는 자의 선택이라고 비난할 수도 없는 노릇이었다. 하지만 대남은 그의 말을 무심한 표정으로 듣고 있다 이내 아무렇지 않게 입을 열었다.

"김한용 씨, 그러면 말입니다."

"……."

김한용은 대남의 입에 집중했다. 과연 저 젊은 청년의 입에서 이제는 무슨 말이 나올까, 궁금해하던 찰나 대남의 무심한 목소리가 들려왔다.

"저희 황금양이 김한용 씨에게 白기획사와 마찬가지로 횡포를 부린다면 어떻게 하실 요량입니까? 이번에도 사직서를 내실 건가요?"

대남의 말에 아버지를 비롯한 임원들이 입을 벌려 놀란 표정을 지었다. 면접석에 앉아 있던 김한용의 표정도 그야말로 가관이었다.

횡포를 부리면 어떻게 할 거냐는 말을 면전에 대놓고 하다니, 과연 저 청년이 제정신인가 김한용은 의문이 들었다.

"지금 그게 무슨 말이십니까? 저를 놀리시는 건가요?"

"놀리다니요, 말 그대로 묻는 겁니다. 김한용 씨께서는 이전 회사의 횡포를 견디다 못해 사직하지 않으셨습니까. 여기서 똑같은 상황이 재현된다면 또 그때처럼 아무것도 못 해보고 도망치겠냐는 말입니다."

"……."

김한용은 쉽사리 대답할 수가 없었다. 장난이라 치부하기에는 대남의 표정이 너무나도 진지했기 때문이다. 더군다나 옆 자리에 앉아 있던 나이가 지긋해 보이는 임원들조차 대남의 행태를 말릴 생각을 하지 않고 있었다.

"마음 같아선 그만두겠다고 말하고 싶지만 그럴 수가 없습니다. 일전에는 제가 욱하는 마음에 사직서를 냈지만 이로 인해 처자식과 생활고에 시달려야만 했습니다. 이제 와서 또다시 그런 일을 반복할 수는 없습니다. 설령 똑같은 횡포를 당한다고 해도 말이죠……"

김한용은 자존심을 굽혀야만 했다. 딸린 식구를 위해서라도 말이다.

"그럼 탈락이겠는데요?"

"……그게 무슨?"

"황금양의 목적은 침체된 문화·예술계를 변화시키려는 작은 약진에 있습니다. 그런데 내부가 곪아가는 것을 눈으로만 보고 묵인한다면 어떻게 그 목적을 달성할 수가 있겠습니까."

김한용은 대남의 말에 놀라움을 금치 못했다. 사회생활을 하면서 느꼈던 것이 있다면 더러운 일에도 눈을 감고 지나가야 한다는 것이다. 혹여나 들춰보려 한다면 그 피해는 고스란히 자신이 지게 되어 있었다.

한데 눈앞의 젊은이는 그러한 김한용의 가치관을 거꾸로 뒤집어 놓았다.

"그럼 김한용 씨께 다시 묻겠습니다. 횡포를 당해도 참거나 도망치겠습니까, 아니면 내부 고발을 해서 변화를 꾀하겠습니까."

황금양의 기묘한 면접은 많은 사람에게 영향을 끼쳤다. 사회적으로 내부 고발에 대한 인식이 취약한 시기였고 더러운 관행과 관습은 숨기는 게 회사 생활의 덕목이라 여겨지던 시대였다. 경영진이 실수를 답습하더라도 내부 직원들은 그에 대한 반발이나 간언을 하면 안 되었다.

독재자들의 군림이나 다름없던 기업 문화에 대남은 포용이라는 카드를 꺼내 든 것이다.

"대남아, 네 뜻을 모르는 건 아니다만 그렇게 면접을 봐서 괜찮겠냐."

황금양이라는 기업의 기초부터 세우다 보니, 면접을 일주일에 걸쳐 진행했는데 아버지는 이튿날 대남에게 그렇게 물었다. 아들의 뜻을 모르는 것은 아니나 갑작스러운 변화는 도태를 몰고 올지도 모르기 때문이다.

"아버지, 출판업계가 언제까지 그렇게 답답한 행보를 반복해야 합니까. 출판 탄압을 당했을 때만 해도 출판사들은 작금의 상황을 타개하기는커녕, 현실에 굴복한 채 살았습니다. 상황이 나아진 지금도 그렇습니다. 몇몇 출판사들을 제외하고는 이전과 다름없이 소극적으로 운영하고 있죠."

"네 말이 틀린 말은 아니다. 하지만 이쪽 사업에는 문외한이나 다름없는 우리가 너무 일을 벌이면 기존에 있던 사람들이 어떤 눈으로 보겠냐는 것이지. 내 말은."

"그래서 더더욱 그런 겁니다."

"뭐, 그게 무슨 말이냐……?"

아버지는 대남의 말이 도통 이해가 되지 않았다. 기존의 기획사를 비롯한 문화·예술계에 뻗어진 기업들의 눈살을 찌푸리게 할 정도로 대남의 면접 진행 방식은 상상을 초월했다.

한데 그것이 다 의도된 바였다니. 대남은 아버지의 의문을 풀어주려는 듯 물 잔에 물을 따르며 말했다.

"저희 황금양은 지금 이 빈 잔만큼이나 속이 비어 있죠. 깨끗한 물과 같은 인재들로 가득 들어차야 할 황금양은 어떻게 보면 기존에 있던 기업들보다 뒤늦은 후발 주자로서 핸디캡을 가지고 있다고 볼 수 있어요."

"……"

"만약 기존의 기업들과 마찬가지로 형식적인 면접을 진행했다면 사람들의 머릿수는 채워 넣을 수 있을지 몰라도 인재를 구하기란 하늘 위를 수놓은 별 따는 것과 마찬가지였을 겁니다. 결국 황금양은 모나지 않은 기업이 되어 그저 그런 회사로 변모하게 되겠죠."

아버지는 대남의 말에 정곡을 찔린 것 같아 머쓱해졌다.

사실 사업 확장을 계획하면서 점진적으로 커 나가는 것을 원했다. 처음부터 일을 벌이기에는 사업에 관한 자신의 안목을 믿지 못하는 것도 있었고 수완 자체가 달렸기 때문이다.

분수에 맞지 않는 그릇을 가지기보다 작은 기업이라도 안전하게 키우고 싶은 것이 아버지의 마음이었다.

"지금 침체된 문화·예술계의 사업은 블루오션이나 마찬가지입니다. 돈이 안 된다기보다는 이전에 문화·예술에 관한 탄압이 지속되었으니 섣불리 손을 뻗치지 않는 것이죠. 하지만 앞으로 정권이 또다시 바뀌고, 세상이 경천동지하는 소리가 나올 만큼 바뀌게 된다면 이보다 더 발전 가능성이 있는 시장은 없을 겁니다."

"……."

"인재를 끌어들이기 위해선, 그만큼 인재가 원하는 회사상을 보여줘야 합니다. 금양출판이 사업 확장에 관한 초석을 이루었다면 황금양은 앞으로 펼쳐질 미래의 전신이 될 기업입니다. 전 그런 기업의 태동을 비루하게 시작하기는 싫어요. 아버지."

"네 말이 일리가 있구나, 내가 생각이 짧았다."

아버지는 크게 고개를 주억거렸다. 어차피 칼을 뽑아 든 이상 어쭙잖게 시작할 필요가 없었던 것이다. 타 기업들에 비해

후발 주자로 시작했다면 그만큼 다른 모습을 보여줄 필요가
있었다.

"참, 그리고 방송에 한 번 더 출연할까 해요."

"방송이라니……?"

"아무래도 이쪽 업계에서 일하려면 방송국과도 밀접한 관계
를 유지해야 하지 않을까 해서요. 연락 온 곳이 많아 어차피
연수원 입소 전에 한 번 더 출연할 생각이었어요. 금양출판과
황금양에 도움 될 것도 같고요."

본인이 방송을 출연하는 것인데, 금양출판에 도움이 되는
방송이라. 아버지의 의문을 해소시켜 주려는 듯 뒤이어 대남
이 말을 이었다.

"연예인들이 나와서 각 업종에 체험을 해보는 건데 첫 타자
로 저희 금양출판이 맡게 되었어요. 미리 말씀드렸어야 했는
데 이제야 이야기를 드리네요. 방송국 측에서도 나쁘지 않은
의도고, 대중도 출판사라는 업종에 관심을 기울일 테니 괜찮
다고 생각했어요."

"처음 듣는 프로그램인데……."

"이번에 처음 론칭하는 파일럿 프로그램이라고 하더라고요.
'삶의 체험현장'인가……?"

KBC 방송국 예능국에서는 친척이라 할 수 있는 시사·교양 국에서 '대국민 퀴즈 쇼'로 대히트를 기록한 것을 두 눈으로 똑똑히 보았다.

매번 고리타분한 프로그램들의 향연이라며 그저 그런 시청률을 기록하던 시사·교양국에서 KBC의 역사를 새로 쓰게 되니 예능국장은 배알이 꼴릴 수밖에 없었다.

"'삶의 체험현장'이라, 정말 괜찮겠나."

예능국장은 자신의 눈앞에 기립해 있는 김 부장과 기획서를 번갈아 바라보며 물었다. 기획안의 내용대로라면 여태껏 없었던 파격적인 프로그램임에 틀림이 없었다.

대중에게 쉽게 모습을 보이지 않았던 연예인과 영화배우들을 대상으로 일반 업종에서 직접 일해보게 한다니 과연 세간의 이목을 끌만했다.

"분명 대박을 칠 겁니다. 더군다나 첫 번째 출연자가 유명한 여배우 아닙니까. 고지원이를 섭외하려고 얼마나 공을 들였는지 모릅니다."

김 부장은 확신에 찬 듯 말했다. 고지원은 이미 일약 청춘스타에 오른 여배우였다. 충무로에서도 블루칩이라 불리며, 어릴 적부터 브라운관과 영화판을 넘나들어 이미 대중에게도 인지도가 확실히 각인된 스타였다.

"그런데 고지원이가 출연을 한다고 해서 화제가 되겠는가."

이미 고지원은 브라운관과 영화판을 종횡무진하며 얼굴을 많이 비친 터라 대중에게 보다 큰 관심을 끌지 못할 가능성도 없지 않아 있었다.

국장은 그 점을 파고들며 염려 섞인 속내를 비추었다. 하지만 김 부장은 자신 있게 고개를 저어 보이며 말했다.

"국장님, 저희가 준비한 카드가 고지원이 말고도 한 명 더 있습니다. 오늘 출연을 수락한다는 연락을 받아 부랴부랴 기획안에 집어넣었습니다. 기획안 맨 마지막 장을 한 번 보시지요."

김 부장의 말에 국장이 기획안의 마지막 장을 펼쳤다. 사실상 이번 '삶의 체험현장'의 제작진에서 히든카드로 사용할 출연자가 적힌 난이었다. 이윽고 그의 이름을 본 국장이 눈이 화등잔만 하게 커졌다.

"김대남이라, 왜 사전에 말을 하지 않지 않았나?"

"사실 섭외가 될지 안 될지 확신할 수가 없는 상태라 쉽게 말씀을 드리지 못했습니다. 아시다시피 김대남 씨가 방송 출연을 하도 고사했어야 말이죠."

"김대남, 들리는 말로는 타 방송국에서도 많은 섭외 연락을 받았다고 하던데 말이야. 우리 쪽 프로그램을 선택해 줘서 정말 고마울 따름이군."

"맞습니다. 저희 프로그램 기획팀 내에서도 김대남 씨에게 거는 기대가 큽니다. 국장님께서도 보셔서 알겠지만 평범한 이는 아니니까요."

예능국장은 흡족한 미소를 지었다. 그간 방송가에서 오랜 세월을 보내왔지만 그만한 캐릭터는 본 적이 없었기 때문이다.

일반인이지만 기본적으로 카메라에 대한 두려움이 없고 대중이 자신을 바라보는 데도 미세한 떨림조차 없는 사람이다.

"김대남 씨는 어떻게 보면 방송가에서 그토록 원했던 이상적인 인물일지도 모릅니다. 여태껏 단 두 번의 생방송 출연이었지만 그가 출연하는 방송마다 히트, 대히트인 시청률을 기록하지 않았습니까."

김 부장의 말에 국장은 그제야 걱정을 한시름 놓을 수가 있었다. 사실 시사·교양국이 승승장구하는 것에 반해 항상 오락성과 화제성을 담당하던 예능국에서 죽을 쑤는 처지였으니 그간 잠자리가 불편했었다.

"출판업이라, 과연 어떤 그림이 그려질지 벌써부터 궁금해지는군."

"예. 아무래도 생소한 직업군이고 촬영이 이틀에 걸쳐 진행될 예정이라 뽑아낼 게 많을 겁니다."

"그런데 그 친구가 컨트롤이 되겠나? 고지원이 성격 괴팍한 건 나도 익히 들어서 알고는 있네만."

예능국장의 염려대로 고지원은 나이는 어리지만 어릴 적부터 영화계에 있었기 때문인지 성격이 꽤나 예민했다. 아니, 현장 관계자들의 말에 따르면 히스테리적으로 괴팍하다고들 했다.

실제 나이는 이십 대 후반이나 경력으로만 보자면 중견 배우급들과 어깨를 나란히 할 정도고 개중 히트작들도 여럿 있어 콧대가 아주 높았다.

"국장님, 그 점에 관해선 걱정하시지 않으셔도 좋습니다."

"걱정하지 않아도 좋다니, 여배우들의 히스테리는 불치병이라고 불리지 않나. 자네도 그 점을 모르지 않을 텐데. 방송은 대본과 편집으로 만들어지는 것이지만 꽤나 고역이겠어."

"사실 그 점을 생각해서 김대남 씨를 섭외한 겁니다."

"그게 무슨 말인가……?"

김 부장이 생각하기에 김대남이라는 청년은 대단했다. 법조계 인사들을 상대로도 촌철살인의 언행을 구사했으며, 들리는 말로는 KBC 사장 앞에서도 기죽은 기색이 하나도 없었다고 한다.

김 부장이 국장을 바라보며 넌지시 말했다.

"김대남 씨가 고지원이의 사수입니다."

- 9장 -
삶의 체험현장(1)

그날은 유난히도 장맛비가 거세게 내렸다. 하늘 아래로 떨어지는 장대비를 뚫고 KBC 방송국 예능 제작진이 차례로 금양출판으로 도착했다.

제작진은 금양출판에 도착하자마자 건물 내부 곳곳에 각종 조명을 비롯해서 카메라를 설치했는데, 그 모습이 얼마나 재빠른지 보는 사람이 숨이 찰 지경이었다. 다큐멘터리 형식이라기에 좀 더 꾸밈이 없을 줄 알았는데 그것도 아닌 모양이다.

"대남 씨, 그 말이 사실이에요? 고지원이 금양출판에 온다는 게⋯⋯?"

석혜영 대리가 믿지 못하겠다는 얼굴로 대남을 바라보며 물었다. 그녀의 물음에 대남은 짧게 고개를 끄덕이는 것으로 대답을 대신했다. 곧이어 대남에게로 이번 '삶의 체험현장'의 기획을 맡은 진 PD가 걸어왔다.

"반갑습니다, 대남 씨. 통화만 하다가 실제로 만나 뵈니 신기하네요. 신문에서 봤던 것보다 훨씬 미남이신데요. 현장 PD를 맡은 진수완입니다."

"감사합니다. 그런데 다큐멘터리 형식으로 진행되는 줄 알았더니 생각보다 방송 장비가 많네요."

"대남 씨도 프로그램 기획안을 보셔서 아시겠지만, 저희 '삶의 체험현장'은 원래 예능 방송이 아닌 다큐멘터리처럼 직업군에 생생히 접근하는 게 목표였는데 조금 바뀌었어요. 아무래도 상부에서는 대본과 편집으로 좀 더 조미료를 쳐야 시청률이 더 잘 나온다고 하니 말이죠."

"그래도 이건 너무 과한 거 아닌가요, 이전 CF 촬영보다 규모가 더 커진 느낌인데요."

"아, 그게……."

진 PD는 뒷말을 아끼며 마른 입술을 쓸었다. 이윽고 진 PD는 조연출로부터 고지원의 차가 아직 금양출판에 도착하지 않았다는 말을 전해 듣고 나서야 대남을 향해 말을 이었다.

"고지원 씨가 꽤나 깐깐하잖아요. 어린 나이에 성공을 해서 그런지 아직까지도 목에 핏대 세우고 요구하는 게 많아서 저희도 골치가 아파요. 제가 PD 생활을 오래 했으면 모르겠는데 짬밥도 달리니까 현장에선 어쩔 수가 없네요. 최대한 비위를 맞춰봐야죠."

진 PD는 이전까지만 해도 보조 PD 역할을 도맡아왔다. 운이 좋아 파일럿 프로그램인 '삶의 체험현장'을 기획하게 되었지만 출연자 섭외에 난항을 겪던 와중이었다.

다행히도 고지원의 섭외가 끝나자마자 대남의 섭외까지 일사천리로 진행되자 뛸 듯이 기뻤지만 촬영 날이 다가오자 한편으로는 초조해졌던 것도 사실이다.

"고지원 씨가 그렇게 까탈스러워요?"

"⋯⋯."

대남 또한 여배우 고지원에 대해서 간략하게나마 알고는 있었다. 방송가와 충무로를 종횡무진하며 젊은 나이임에도 불구하고 웬만한 중견 배우들보다 더 혁혁한 입지가 있는 여배우였다.

하지만 그간 대중에게 비친 모습을 보면 까탈스럽다는 생각은 들지 않았다.

"말도 마세요. 일전에 월화드라마 촬영 때에는 그쪽 조연출이 스트레스 과다로 응급실에 실려 갈 정도였다니까요. 웃긴 게 자기보다 높은 지위에 있는 사람들한테는 서글서글하게 행동하면서 조금이라도 밑이면 가차 없이 행동한다니까요. 뭐, 그래서 여태까지 이 바닥에서 버텨온 건지도 모르지만⋯⋯."

진 PD와 대남이 그렇게 말을 나누고 있을 무렵, 금양출판으로 검정색 승합차 한 대가 도착했다. 모두의 이목이 쏠린 가운데, 무수히도 떨어지는 빗방울 사이로 남자들이 서둘러 우산을 챙겨 승합차 출입문으로 향하는 게 눈에 띄었다.

이윽고 승합차 뒷좌석에서 한 여성이 내렸다. 긴 생머리를 늘어뜨리고 비단결 같은 고운 피부를 자랑하는 여인은 한눈에 보아도 배우임이 티가 날 정도로 예뻤으며 한 마리의 학처럼 고고한 자태를 뽐내고 있었다.

바닥을 치고 튀어 오르는 빗방울이 여간 신경 쓰이는 게 아닌지 그녀는 금양출판을 들어오는 내내 이맛살이 찌푸려져 있었다. 하지만 그 모습마저도 영화의 한 장면처럼 느껴져 금양출판의 직원들은 넋을 놓은 채 바라보고 있었다.

"재수가 없으려니까, 촬영 첫날부터 비가 오네."

그녀는 금양출판에 입성하자마자 앙칼진 목소리로 그렇게 말을 했다.

"고지원 씨……?"

진 PD의 물음에 그녀는 잠깐 눈을 맞춰 그를 쳐다보는가 싶더니 이내 주위를 살피며 되물었다.

"여기 제 대기실은 어디 있죠."

"대기실이요?"

진 PD가 놀라 묻자 그녀는 당연한 것을 왜 묻냐는 듯한 표정을 지었다. 아무래도 '삶의 체험현장' 기획안을 펼쳐 보지도 않은 것이 확실한 듯싶었다. 더군다나 지각한 주제에 저리도 뻔뻔하게 나오니 되레 제작진 측이 당황스러울 따름이다.

"PD님이 현장은 처음이셔서 모르시나 본데, 예능 프로그램에서 출연자 대기실을 만들어놓지 않는다는 게 말이 돼요? 그리고 저 여배우예요. 지금 비 쫄딱 맞아가면서까지 여기 왔는데 이렇게 대접하시면 곤란하죠. 메인 PD님은 어디 계세요."

"그, 그게 메인 PD님은 처리할 일 때문에 이튿날부터 현장으로 오시기로 하셔서……."

"그럼 지금 여기에 총책임자가 현장 PD님이세요?"

"……네, 그렇습니다."

그녀는 진 PD를 바라보며 대놓고 무안을 주려는 듯 한숨을 한 번 내쉬고는 고개를 절레절레 저어 보였다.

그 탓에 촬영장의 분위기는 급속도로 냉각되어 갔다. 아무도 선불리 말문을 열지 못하던 그 순간, 편집실 한편에서 목소리가 터져 나왔다.

"시간도 없는데 빨리 촬영 시작하죠. 이러다가 날 새겠네요. 그리고 대기실이 없으면 빈자리에라도 일단 앉으셔서 화장이라도 고치세요."

"당, 당신 누구야……!"

고지원은 갑작스레 자신을 향해 쏘아붙이는 남자가 심히도 마음에 들지 않은 듯했다. 진 PD를 비롯한 스태프들도 어쩔 줄 몰라 하는 표정이다.

대남은 그런 그녀를 바라보며 어쩔 수 없다는 듯이 한 발자국 앞으로 다가가서는 말했다.

"편집 부서 김대남입니다. 여기가 그쪽 안방은 아니잖아요."

대남의 말로 인해 촬영장의 분위기는 을씨년스러울 정도로 스산해졌다. 하지만 제작진 전부가 파일럿 프로그램인 '삶의 체험현장'에 사활을 걸었다 해도 과언이 아닌 이들이었고 고지원 또한 일개 직원과 괜히 싸울 필요가 없다는 생각에 이내 입을 닫았다.

이윽고 조연출이 슬레이트를 침과 동시에 녹화가 시작되었다.

고지원은 프로답게 일전의 화를 식힌 채 표정에 가면을 썼고, 진 PD는 한편에서 초조한 표정으로 그 광경을 바라보고 있었다.

금양출판의 다른 직원들은 평소와 다름없이 업무를 보았지만 사방을 수놓은 카메라와 고지원의 존재 때문에 경직되어 있는 표정이다.

"저, 여기가 금양출판사 맞나요……?"

고지원이 아무 일 없다는 듯이 금양출판으로 방문하는 모습을 카메라 감독은 생생히 담아내고 있었다. 이윽고 금양출판의 김대철 사장이 손수 나가 고지원을 맞이했다.

"반갑습니다, 고지원 씨. 금양출판의 사장 김대철입니다."

아버지와 고지원은 사장실로 옮겨 가 계속해서 촬영에 몰두했다. 녹화방송이었기에 끊었다가 가도 상관이 없었지만 아무래도 프로그램의 첫 개시이다 보니 다들 실수를 하지 않으려 기합이 들어가 있었다.

까탈스럽던 고지원 또한 녹화 중에는 그녀의 성격을 분출하지 않고 있었다.

"제가 무슨 일을 하면 되나요? 사실 어렸을 때부터 방송국만 다녀서 출판 계통의 일은 하나도 모르거든요. 그런데 제 취미가 독서라서 너무 재미있을 거 같아요. 어젯밤부터 심장이 두근거리는 거 있죠."

"하하, 그렇게 말씀해 주시니 금양출판의 사장으로서 아주 감사할 따름입니다. 사실 대중은 출판업에 관해서는 모르시는 게 많습니다. 서적이 한 권 만들어지기까지의 이야기는 아주 길고 깁니다. '삶의 체험현장'을 통해 고지원 씨께서 시청자분들에게 출판 업무에 관해 널리 알려주셨으면 하는 바람입니다."

아버지는 미리 제작진과 사전에 협의한 대로 부서 관계도를 살펴보다 짐짓 고개를 주억거리며 말을 이었다.

"고지원 씨께서는 편집부에서 일을 하시면 좋을 것 같군요."

출판업계의 편집부가 하는 일을 총체적으로 설명해 보라면 '책을 기획하고 편집하는 일'이라고 말할 수 있다.

대개 작가들이 펴낸 책을 편집을 통해 발간하는 경우도 있지만, 애초에 출판사 측에서 책을 기획하여 작가를 선정하는 경우도 없지 않았다.

　고지원은 직원의 안내에 따라 편집 부서로 자리를 옮겼다. 편집부에서 업무를 보던 직원들은 힐끗힐끗 고지원의 동태를 살피기 바빴다.

　그때, 대남이 자리에서 일어나 고지원의 앞으로 다가갔다.

　고지원은 대남의 얼굴을 알아보고는 순간 미간을 찌푸렸으나 카메라가 있다는 생각에 이내 원래대로 표정을 되돌렸다. 대남은 그녀의 표정이 어떻든 개의치 않고 편집 부서를 바라보며 입을 열었다.

　"고지원 씨, 반갑습니다. 편집 부서로 오셨으니 편집부가 정확히 무슨 일을 하는 곳인지 아셔야겠죠. 제가 설명해 드리겠습니다. 편집부는 기본적으로 원고의 오탈자와 교정 및 편집을 도맡아서 하며 한 권의 형태를 만들기까지의 마지막 과정을 보내는 곳입니다. 물론 맡는 업무는 이게 다가 아닙니다."

　"······."

　"서점업계에서 원하는 책들의 종류와 대중이 원하는 책의 트렌드를 파악해 기획하는 일도 하고 있습니다. 한마디로 일반적인 책들의 기획이 아닌, 잘 팔릴 책을 기획하는 일입니다. 그리고 그 과정에는 작가님들을 섭외하는 것은 물론이고 국내가 아니라 국외에서 홍행을 기록했던 서적들의 판권을 수입하는 일도 하고 있습니다."

단순히 책의 교정과 편집에만 주력하는 줄 알았던 편집부의 일들은 빙산의 일각에 불과했다. 대남이 지금 설명한 일을 제외하고서도 수많은 업무가 남아 있었지만 이틀 내에 그 모든 것을 체험하는 것은 불가능에 가까웠다. 이윽고 대남은 고지원을 빤히 바라보며 물었다.

"고지원 씨는 책 읽는 것을 좋아하십니까?"

"네, 아주 좋아해요. 사실 제 취미가 독서라서 이번 '삶의 체험현장' 첫 번째 출연지로 금양출판사가 선정됐는지도 모르죠."

"그럼 하나만 묻겠습니다. 최근에 읽은 책이 뭡니까?"

"네……?"

고지원은 대남의 갑작스러운 물음에 당황을 표했다. 대본상에는 간략한 편집 업무에 관해 묻고 답하는 것만 되어 있었기에 이런 질문은 예상치 못했던 것이다.

녹화를 잠깐 끊고 갈까도 생각했지만 주위 시선 때문에 그럴 수도 없는 노릇이었다.

"〈서울여자〉라는 책을 읽었어요. 여자 주인공이 아직도 기억에 남을 정도로 선명한 게 감명 깊었어요."

"〈서울여자〉라면 김경수 작가님 작품이 아닙니까. 여자 주인공 경혜가 결국 서울의 고된 생활을 견디다 못해 원래 자기가 살던 시골로 기차를 타고 내려가지 않았나요? 그 대목은 어떤 생각이 드셨습니까."

"……슬, 슬펐죠. 당연히 가녀린 여자 주인공이 서울 생활의 고단함에 지쳐 고향으로 내려가는 거였으니 말이죠. 고향에 도착한 뒤에 부모님과 재회하는 장면에서는 저도 모르게 눈물이 나더라고요."

고지원은 〈서울여자〉라는 책을 제대로 읽은 적이 없었다. 그저 간략한 줄거리만을 알고 있었기에 지금 대남이 묻는 장면에 대해서도 상세히 알지 못했다. 대남은 그런 고지원을 바라보며 고개를 저어 보였다.

"아닙니다."

"……네?"

"〈서울여자〉의 여자 주인공 경혜는 결국 고향으로 돌아가지 않습니다. 그리고 그녀는 어렸을 적 부모님을 여의고 할머니의 손에서 자랐죠. 아무래도 시간이 없어서 책을 제대로 읽지 못한 모양이군요."

대남의 말로 인해 고지원의 얼굴이 붉으락푸르락해졌다. 여태껏 연예계 생활을 해오면서 수모를 겪은 적이 없지는 않았지만 경력이 쌓이고 선망에 가득한 자리에 오르고 난 뒤부터는 자신에게 쓴소리한 사람이 단 한 명도 없었다.

카메라맨은 혹여 녹화방송이 중단되더라도 이 장면을 놓치지 않으려는 듯 고지원과 대남의 얼굴을 번갈아 줌인하고 있었다. 이윽고 모두의 이목이 쏠린 가운데, 대남이 재차 말했다.

"제 소개가 늦었습니다. 이틀간 고지원 씨의 사수를 맡은 김대남입니다."

고지원은 그제야 자신의 눈앞에 서 있는 남자의 실물을 정확히 확인할 수가 있었다. 외모의 잘남을 떠나, 꽤 낯익은 인물이다.

하지만 출판사의 일개 직원일 뿐인 대남을 자신이 어디서 봤겠는가. 고지원은 그저 자신이 착각한 모양이라고 치부했다.

"고지원 씨께서 편집 부서에 배정이 된 만큼 사수인 제가 최선을 다해 업무에 대해 가르쳐 드리도록 하겠습니다. 앞서 설명드린 바와 같이 편집부는 책을 기획하고 대외 업무도 여럿 보는 등의 다양한 업무를 주관하지만 그중 가장 핵심이 되는 업무는 부서명 그대로 원고를 편집하는 데 있습니다."

"……."

"보통 출판사 편집부에 입사한 직원이 갖춰야 할 덕목이 무엇인지 아십니까?"

대남의 갑작스러운 물음에 고지원은 꿀 먹은 벙어리가 된 것처럼 입술을 굳게 다물었다. 혹여나 여기서 말을 잘못했다가는 좀 전처럼 망신살이 뻗치게 될까 봐서였다.

　그 모습이 마치 학생주임 앞에서 혼이 나는 여학생의 모습 같아 보이기도 했다. 카메라 감독은 이 장면 또한 놓치지 않고 촬영에 몰두했다.

　"글을 알아볼 수 있는 재능입니다. 세상에는 수많은 글이 존재합니다. 신춘문예에 등단한 작품들 말고도 수많은 장르의 글들이 범람하고 있는 실정이지만, 그 모든 작품이 세상에서 빛을 발할 수는 없는 노릇입니다. 편집 부서는 그런 작품들이 빛을 볼 수 있게 도와주는 존재죠. 어떻게 보면 진흙 속의 진주를 찾는 일일지도 모릅니다. 설명은 이쯤 하고. 자, 고지원 씨께서 할 수 있으시겠습니까?"

　"절 어떻게 보고 그런 말씀을 하시는지 모르겠지만, 저 고지원이에요. 이번엔 제가 묻죠. 영화배우가 성공하기 위해 필요한 건 뭔지 아세요? 뛰어난 연기력에 버금갈 정도로 요하는 게 바로 작품을 보는 안목입니다. 여태까지 제 안목이 빗나간 적은 결코 단 한 번도 없었죠. 책이라고 별반 다르겠나요."

　고지원의 말에 대남은 고개를 짧게 끄덕여 보였다. 그녀도 충무로와 방송국 일대에서 청춘스타라 불릴 정도로 탄탄한 입지를 지녔으니 분명 틀린 말은 아닐 것이다. 고지원은 대남이 대답이 없자 승리의 미소를 지어 보였다.

　'제깟 게.'

진 PD를 비롯한 카메라 감독은 갑작스러운 대남과 고지원의 대립 구도에 잠시 당황한 듯 보였으나 촬영을 계속 이어나갔다.

　　고지원은 방송 흐름이 자기에게로 넘어왔다는 생각이 들자 단물이 빠지기 전에 서둘러 분량을 확보해야겠다는 생각밖에 없었다. 이윽고 대남이 편집실 한편에서 원고를 가져오며 말했다.

　　"좋습니다. 일단 고지원 씨의 문학 실력을 알아보기 위해 다소 짧은 분량의 원고를 준비했는데 한번 읽어보시겠습니까?"

　　"……네?"

　　"책이라고 별반 다르지 않다면서, 안목에 자신이 있다고 하시지 않으셨습니까. 이 원고를 읽어보시고 문제점이 있으시다면 말씀해 주시면 좋겠습니다."

　　대남의 제안에 고지원은 일순 경직된 표정을 지었으나 이내 그 기색을 지워냈다.

　　"줘봐요."

　　대남의 손에 들린 원고를 거의 뺏다시피 해 받아 든 고지원은 원고를 읽어 내려가기 시작했다. 카메라는 고지원이 자리에 앉아 원고를 빤히 들여다보는 모습을 줌인해서 담아내고 있었다.

　　촬영 영상을 확인하는 진 PD는 절로 흡족한 미소를 지어 보였다. 과연 여배우는 여배우였다. 렌즈 속에 담긴 그녀의 모습은 기함이 터져 나올 정도로 아리따웠다.

당대의 청춘스타라 손꼽히는 여배우니 당연한 이야기였지만 항상 예능 프로그램에서 분장을 한 개그맨들 위주로 촬영을 진행했던 제작진 입장에서는 놀랍지 않을 수가 없었다.

"다 읽었어요."

얼마간의 시간이 흐르고, 고지원은 원고를 손에 쥔 채로 대남에게 다가갔다. 뜻밖의 제안에 초조해할 거라는 예상과 달리 그녀는 의기양양해 보였다. 대남이 원고의 내용이 어떠했냐고 묻자 그녀는 지체 없이 대답했다.

"솔직히 말씀드리면 작품으로서는 인정받을지 몰라도, 대중에게는 외면받을 글이네요. 앞뒤 내용이 생략된 짧은 분량이었지만 이 단편만을 보더라도 작품을 읽는 내내 감정선이 너무 풍부하고 억지 감동을 만들어내는 경향이 있다는 생각이 들었어요. 안타깝게도 고칠 점이 한두 가지가 아니겠어요."

대남은 고지원의 말에 고개를 크게 주억거렸다. 그 모습에 그녀의 입꼬리가 미세하게나마 말려 올라갔다.

"고지원 씨의 말이 맞습니다."

"맞죠? 역시 그럴 것 같더라니까요. 제 안목이 어디 가겠나요."

"한데 반은 틀렸습니다."

대남의 말에 고지원의 얼굴이 보기 좋게 일그러졌다. 대남은 그녀가 읽었던 원고를 카메라에 보이게 펼쳐 보이고는 말을 이었다.

"고지원 씨께서 읽었던 원고는 베스트셀러를 기록했던 김동율 작가님의 〈고난의 시대〉 중 일부분이었습니다. 작품 내에서도 가장 하이라이트인 대목을 편집한 부분입니다. 고지원 씨의 말씀대로 위 작품은 감정선이 상당히 풍부하며 어떻게 보면 억지로 감동을 만들어내는 작품일지도 모릅니다. 하지만 간과한 점이 있죠. 이 작품은 작가에 의해 인위적으로 조작된 소설이 아닌, 수필이라는 점입니다."

"……."

"또한 〈고난의 시대〉는 출판 시장의 암흑기를 타파하는 역할을 해주었으며 대한민국 출판 역사상 팔십 년대를 종횡무진하며 흥행 기록을 갱신했던 〈인간시장〉의 아성을 넘어설 정도의 대히트를 기록했습니다. 고지원 씨의 말씀대로 〈고난의 시대〉라는 작품은 어떻게 보면 작품으로는 인정받을지 몰라도, 대중에게 외면을 받을 작품이었는지도 모릅니다. 하지만 결과적으로는 대중에게 무한한 사랑을 받았으며 지금은 KBC 방송국에서 드라마로 제작되어 방영에 이르렀습니다."

대남의 말이 계속될수록 고지원의 얼굴이 점차 붉어지기 시작했다. 그제야 고지원은 자신이 읽었던 작품이 〈고난의 시대>라는 것을 깨달은 듯했다.

읽는 내내 뭔가 모를 기시감이 느껴진다고 했는데 설마 자신이 주연에서 밀려난 <고난의 시대>였을 줄이야.

그녀는 불같이 화를 내려다가도 카메라와 수많은 제작진, 그리고 자신을 향한 금양출판의 직원들의 시선에 입술을 꽉 깨물었다.

대남은 그런 그녀를 스쳐 지나가며 말했다.

"앞으로 이틀간 가르칠 게 많겠습니다."

그 시각, 편집 부서 한편에서는 조연출이 진 PD를 바라보며 식은땀을 흘리고 있었다.

"진 PD님, 고지원 씨한테 말씀 안 하셨어요? 김대남 씨에 대해서요."

"……"

조연출의 물음에 진 PD는 대답할 수가 없었다. 대남의 출연 결정은 촬영 하루를 남겨두고 확정된 것이나 마찬가지여서 말할 틈도 없었고, 기획안의 맨 마지막 장에 넣어두기는 했지만 고지원이 제대로 봤을 리 만무했다.

"그래도 김대남 씨가 유명인이니 얼굴 보면 단번에 알아볼

줄 알았지. 그런데 당황해서 그런지 못 알아보는 모양이네, 이
것도 나름대로 나쁘지가 않군."

진 PD는 생각을 달리하기로 결심했다. 애초에 고지원이 대
남의 얼굴을 알아봤더라면 촬영장 분위기는 달라졌을지도 모
른다. 하지만 고지원 측에서는 대남을 그저 출판사의 직원 중
한 사람이라 생각하고 있는 모양이었다.

대남이 생방송에 출연한 지 이미 반년이 넘는 세월이 흘렀
고 생김새 또한 방송 메이크업을 받았던 그때와는 달라져 있
었다.

"현장 매니저가 조금 있으면 도착한다고 하니 말해주겠지.
그때가 되면 고지원이 표정이 어떻게 될지 궁금해."

고지원은 야외 촬영이라 그런지 극소수의 인원만을 대동한
채 금양출판으로 왔다. 하지만 그녀를 어려워하고 말조차 제
대로 붙이지 못하는 기획사의 말단 직원들이었다.

앞으로 어떤 그림이 펼쳐질지 기대가 되는 가운데, 짧은 쉬
는 시간을 끝으로 촬영의 막이 다시 올랐다.

- 10장 -
삶의 체험현장(2)

고지원이 대남의 뒤를 따라다니는 모습이 카메라 감독의 눈길을 끌었다.

　　고지원에 대한 악명은 방송국 전역에 자자하다. 히스테리적인 성격 탓에 기피하는 스태프들이 많았지만 우수한 외모와 그를 뒷받침하는 출중한 연기력 덕분에 어쩔 도리가 없었다. 더군다나 윗선들에게는 몸소 친절하게 행동하니 진절머리가 안 날 수가 없었다.

　　'통쾌하네.'

　　일전에 고지원과 함께 방송 촬영을 해본 경험이 있는 카메라 감독은 진땀을 흘리는 고지원의 모습에 실소를 머금으며 카메라를 잡았다.

　　"고지원 씨, 내가 조금 전에 분류는 어떻게 하라고 했습니까."

"네……?"

"아니, 분명히 5분 전만 해도 작품별로 분류를 하라고 했는데 지금 이렇게 막무가내로 쌓아놓으시면 어떻게 일을 합니까."

대남은 고지원에게 당장 작품을 편집하거나 오탈자를 교정하는 일을 맡기지 않았다. 작품을 분류하고 정리하는 허드렛일부터 시켰는데 고지원은 그것 하나 제대로 해내지 못했다.

아무래도 살면서 지금까지 이런 잡무를 해본 적이 없을 테니 손에 안 익는 것도 당연했다.

"안 되겠네요. 처음부터 다시 하세요."

"네? 아무리 그래도 그렇지, 이건 양이 너무 많잖아요."

"많다니요. 넉넉잡아 삼십 분이면 끝날 일을 지금 고지원 씨는 한 시간이 넘게 지연시키고 있어요. 이런 기초적인 업무조차 해내지 못하면 편집 업무에 대한 전체적인 일을 배우기 힘듭니다. 앞으로 이틀 동안 이런 잡무만 계속 보실 건가요?"

대남의 단호한 목소리에 고지원은 한껏 상기된 얼굴로 고개를 숙였다. 마음 같아서는 지금 당장 녹화방송을 그만두고 싶었지만 이미 KBC 예능국장에게 단단히 부탁을 받은 뒤였다.

더군다나 파일럿 프로그램인 '삶의 체험현장'이 성공적으로 개시할 경우 KBC 측에서 전폭적인 지원을 해준다고 약속했으니 나쁘지 않은 거래였다.

"진 PD님, 저렇게 놔둬도 될까요."

조연출이 걱정스레 진 PD를 바라보며 물었다. 방송 기획대로라면 고지원이 금양출판에서 편집 업무를 성실히 도맡아 하는 모습을 비추기로 했으니 나쁜 내용은 아니었다.

더군다나 사회생활의 시작을 리얼리티하게 살렸다는 평가도 받을 수 있을 터였다. 하지만 고지원의 성격이 문제였다.

"터지기야 하겠어? 보는 사람이 이렇게 많은데."

고지원의 고집 덕분에 금양출판 내에는 현장 촬영이라는 이름이 무색하게도 스태프들이 많았다. 한편에서는 금양출판의 직원들이 방송과는 무관하게 본래 업무를 보고 있었으니 방송국 관계자들과 일반인들이 줄지어 수십 명은 있는 광경이었다.

"오히려 대남 씨의 저런 모습 덕분에 '삶의 체험현장'이 대박을 터뜨릴 거라고. 항상 방송과 영화에서 카리스마 있는 모습을 보여줬던 여배우가 저렇게 쩔쩔매는 모습을 사람들이 상상이나 했겠냐고."

진 PD는 주먹을 말아 쥐었다. 그의 말마따나 카리스마 넘치고 우아한 기품을 자랑하던 고지원의 색다른 모습은 시청자들에게 많은 센세이션을 일으킬 것이다.

하물며 고지원은 아직도 대남이 누구인지 제대로 파악하지

못한 모양이다. 마지막 반전의 모습까지 상상이 되니 진 PD의
입가는 절로 흐뭇해져만 갔다.

하지만 진 PD의 부푼 기대가 무참히도 부서지는 것에는 오
랜 시간이 걸리지 않았다.

"저 못 하겠어요."

"네?"

고지원의 갑작스러운 파업 소식에 대남이 고개를 절레절레
흔들며 다가갔다. 고지원은 꽤나 열이 받은 것인지 정리하던
작품들을 손에서 놓은 채 팔짱을 끼고 있었다.

"저는 일단 이 일 말고 다른 업무를 봐야 할 것 같은데요, 제
가 손이 느려서 이렇게 서류를 분류하는 일에는 젬병이거든요."

"……."

고지원은 자신의 말에 대남이 아무 대답이 없자 오히려 팔
짱을 끼고 다리를 꼬았다. 이런 모습이야 녹화분에서 편집을
하면 되니 걱정될 게 없었다.

그녀에게는 오히려 초장에 건방진 직원의 기세를 잡아놓는
것이 더 중요했다. 하지만 그런 고지원의 생각과 달리 대남이
그녀의 앞으로 다가가 말했다.

"고지원 씨, 일반적으로 출판사의 편집 업무를 보려면 일반
인 백 명의 시야를 가져야 한다고들 말합니다. 그만큼 작품을
선별하고 편집하는 데에는 수많은 독자의 안목을 필요로 하고

편집자는 그 안목을 대신하는 역할을 합니다."

"그게 뭐가 어쨌다고요."

"편집자는 책을 많이 읽어야 함은 물론이고 글에 대한 이해력도 상당히 필요로 합니다. 한데 지금의 고지원 씨께서는 그런 백 명의 독자 역할을 해내실 수 있다고 생각하시는 겁니까?"

고지원이 앙칼진 목소리로 대답하자 대남이 얼굴에 사람 좋은 미소를 지워낸 채 입을 열었다.

"제가 보기엔 당신의 안목은 영 아닌데 말입니다."

고지원은 주먹을 말아 쥐며 표정을 구겼다. 분출하기 일보 직전의 활화산 같은 그녀의 얼굴은 그 어느 때보다 붉어져 있었다. 곁에서 지켜보고 있던 진 PD와 카메라 감독은 저도 모르게 손에 땀을 쥐며 그 광경을 지켜보고 있었다.

"지금 뭐라고 했어요?"

풍전등화의 상황 속에서 고지원이 끝내 인내심을 되찾고는 되물었다. 하지만 그녀의 물음에 뼈가 서려 있다는 것을 그 누구도 모르지 않았다. 조용히 넘어가면 좋으련만, 모두의 기대를 저버린 채 대남이 재차 말했다.

"고지원 씨의 안목은 본인이 생각한 것만큼 대단하지 않다고 말했습니다."

"웃기네요. 방송이긴 하지만 나름 열심히 하고 있는 사람한테 이렇게 홀대해도 되는 건가요?"

"홀대하는 게 아닙니다. 정석대로 가르치고자 할 뿐이죠. 고지원 씨는 걷지도 못하는 아이한테 뛰라고 시킬 건가요? 여태까지 드라마와 영화를 선점함에 있어 당신의 안목이 지대한 영향을 발휘했을지는 모르나, 서적에 관해서는 지금 막 걸음마를 시작한 아이만큼이나 보는 눈이 없지 않습니까. 어디 제 말이 틀렸습니까."

대남의 촌철살인과 같은 말에 고지원은 입을 다물었다. 하지만 양 볼이 눈에 띄게 실룩이는 것이 속에 천불이 난 것을 짐작게 해주었다.

진 PD는 그 광경을 초조하게 바라보고 있었다. 혹여나 고지원이 방송을 못 하겠다며 생짜라도 놓을까 봐서였다. 하지만 그런 진 PD의 생각과 달리 고지원은 끝내 참았던 숨을 몰아쉬며 입을 열었다.

"알겠어요. 이것만 끝내면 된다는 거죠."

예상외로 그녀는 불같이 화를 내지 않았다. 히스테리적인 성격만 놓고 보면 벌써 골백번 녹화 촬영이 뒤엎어지고도 남았을 테지만 그녀는 지켜보는 눈들을 생각하며 마지막까지 프로다운 자세로 촬영에 임했다.

'망할 자식.'

고지원은 촬영 내내 이따금 대남을 흘겨보았다. 그간 촬영장을 종횡무진하며 쌓아 올린 필모그래피도 있고 나름 실력 있는 여배우라 자부했지만 저 남자는 자신을 그저 다른 일반인들과 다름없이 대했다.

예능국장과의 약속을 생각해서라도 녹화를 중단하면 안 되었기에 어금니를 깨물며 잡무를 보고 있었지만 표정 관리가 쉽지 않았다.

"생각보다 잘 다루네, 웬만한 중견 PD들도 고지원은 어려워하는데 말이야."

"일반인이라서 그런 거 아닐까요? 김대남 씨 입장에서는 고지원 씨가 방송국에서 엄청난 영향력이 있다 한들 신경 쓸 필요가 없잖아요."

조연출의 말에 진 PD는 고개를 끄덕여 보였다. 일리 있는 말이었다. 애초에 일반인 출연자와 촬영한 경험이 없었던 고지원으로서는 지금의 상황이 당황스럽고 원래 성격대로 대처하기가 여간 어려운 일이 아닐 것이다.

"진 PD, 생각보다 촬영 첫날부터 분량 뽑아낼 게 많겠는데. 편집실에서 고민을 좀 해야겠어. 이거 원 장면 하나하나가 다 버리기 아까우니."

카메라 감독은 나름대로 신이 나 있었다. 고지원의 닦달에 못 이겨 실내 세트장만큼이나 정밀한 촬영 장비들을 금양출판에 설치했을 때만 해도 이렇게 과도하게 할 필요가 있나 싶었는데 나쁘지 않은 판단이었다.

물론 고지원의 예상과는 다르게 흘러갔지만 말이다. 편집실에서 앓는 소리가 나올 거라 예상을 하고 있을 찰나, 또다시 카메라 감독의 귓가를 간질이는 목소리가 들려왔다.

"저 다 했어요."

고지원의 말에 대남이 다가가 그녀가 정리한 작품들을 세세하게 살펴보았다. 선생님 앞에서 숙제를 검사받는 학생처럼 고지원의 얼굴은 조금 전과 달리 초조해 보였다.

브라운관에서 보여주었던 여배우의 기품과는 색다른 모습에 카메라가 한 장면 한 장면을 놓칠세라 바쁘게 움직였다.

"이번에는 제대로 하셨네요."

"그 말이 끝인가요? 저 이거 하느라 진짜 죽는 줄 알았는데."

"칭찬이라도 해드릴까요? 처음부터 이렇게 하셨으면 얼마나 좋았겠습니까. 저로서도 삼십 분이면 끝날 일을 두 시간 가까이 잡고 계시는 고지원 씨가 놀라웠습니다. 그래도 끝까지 포기하시지 않는 집념 하나는 칭찬해 드릴 만하군요. 그럼 이제 따라오세요."

대남의 매정한 모습에 고지원은 저도 모르게 자리를 박차고 일어나려 했으나 겨우 참아내고는 멀어지는 그의 뒷모습을 따라 걸어갔다.

스태프들은 이런 희한한 광경에 이제는 마치 재미난 예능 프로그램을 보듯 흥미진진한 표정으로 뒤따랐다.

"고지원 씨께서 작품을 보는 안목이 없으시니, 이번에는 선정된 작품을 대상으로 편집과 교정을 하는 일을 해보도록 하겠습니다. 조금 전과 같은 단순 작품 분류가 아닌, 실질적으로 작품에 영향을 끼치는 업무이니만큼 집중하셔야 합니다."

"……."

"올겨울 발간을 목적으로 선정된 작품입니다. 아무래도 집필을 맡은 작가님께서 첫 작품이다 보니 오탈자도 많고 교정해야 할 부분도 많습니다. 하지만 제가 원하는 건 단순한 편집이 아닌 글의 방향성을 읽는 일입니다. 잘하실 수 있겠습니까?"

"지금 무시하는 건가요? 이전처럼 유명 작가의 글을 가지고 와서 장난칠 게 아니라 처음부터 이렇게 했어야죠. 당장 줘봐요."

고지원은 수모를 겪었던 일을 설욕하기 위해서인지 얼굴에 비장함이 가득했다. 대남의 손에 들려 있던 원고를 낚아채듯 뺏어 든 후 자리에 앉아 원고를 훑어 나가는 고지원의 모습은 어느 때보다 진지했다.

얼마간의 시간이 흐를 동안, 고지원은 자리에 앉아 꼼짝달싹하지 않았다. 그녀의 곁으로 금양출판의 직원들이 업무를 보느라 꽤 부산스러울 정도로 지나다녔지만 이미 글에 집중한 듯 주위의 시선에도 아랑곳하지 않았다.

"다 읽었어요. 여기 앞으로 이 글이 가져야 할 방향성에 대해서도 적어놨고요."

대남은 그녀가 건네는 서류를 받아 들었다. 한참 동안이나 서류를 읽어보던 대남이 서류를 내려놓으며 말했다.

"작품의 초반 줄거리를 바꿔야 한다고 적어놓으셨군요. 주인공이 강렬한 임팩트 없이 관조하는 역할로 넘어가는 것이 좋지 않다고 판단하셨나 봅니다. 또 여자 주인공의 소심한 성격에 대해서도 많은 개조가 필요하다고 지적하셨구요. 그리고 장면전환이 너무 느려서 이대로 가다는 한 권이 지나가도록 하루가 끝나지 않을 것 같다고 하신 말씀도 있었습니다. 이 모든 것이 올바른 판단이었다고 생각하시나요, 고지원 씨?"

"네, 솔직히 말해서 앞선 작품들과 비교해 봤을 때도 이번 작품은 모자란 면이 많았어요. 글 자체가 미숙하고 대중을 향한 교훈도 없고, 이야기 자체가 그저 그런 일상의 연속이에요. 이야기 자체를 좀 더 타이트하고 다이내믹하게 바꿔야 돼요. 수필도 아닌 소설인데, 감흥 없이 넘어간다면 다큐멘터리하고 다를 게 뭐가 있죠?"

"……."

"처음부터 그쪽이 말했잖아요. 편집부는 잘 팔리는 책을 기획하는 데 목적이 있다고 말입니다. 제가 보기에 그 작품은 상업성이 떨어져요. 그래도 명색이 편집부 직원인데 그렇게 작품 보는 눈이 없어서야 되겠어요. 어디 제 말이 틀렸나요?"

고지원은 대남을 몰아붙이며 말했다. 그 모습이 워낙 살벌해 카메라 감독뿐만 아니라 진 PD의 등으로 굵은 땀방울이 맺혀 흐를 정도였다. 반박하지 못할 거라는 고지원의 생각과 달리, 대남은 고개를 저어 보이며 말했다.

"틀렸습니다."

"뭐라고요?"

"편집부란 모름지기 작품의 방향성과 편집을 도와주는 데 목적이 있습니다. 한마디로 다방면적으로 작가에게 필요한 작품 내적 요소를 코칭해 주는데 있지, 모든 작품을 설계해 주는 데 있지는 않습니다."

"……."

"하물며 수만 가지의 책들이 있고 그 속에는 각각의 이야기가 있는 법입니다. 읽어보서서 아시겠지만 해당 작품은 '하루' 동안 벌어지는 이야기를 중점적으로 다루는 소설입니다. 그런 작품에서 장면전환을 더 빠르게 하라니요. 또 작가가 애초에 설정한 인물들의 성격을 바꾸는 등은 월권행위나 다름없습니다."

"그래도 상업성이 떨어지잖아요. 이 작품이 팔릴 거라고 생각하시는 거예요?"

"고지원 씨께서 조금 전의 작품이 상업성이 떨어진다며 보는 눈이 없다고 하셨는데, 조금 전 작품의 경우 이번 금양출판 공모전에서 입상한 작품입니다. 문단에서 오랫동안 몸담은 심사 위원들의 안목이 당신보다 못하다고는 말하지 않겠죠."

대남의 말에 고지원은 충격을 받은 듯 말이 없었다.

영화각본의 경우 작가의 연차가 높지 않다면 주연배우 선에서도 시나리오 조정이 가능했다. 출판업계도 같은 사정인 줄 알았다. 그래서 자신의 입맛대로 작품을 고쳤는지도 모른다. 이윽고 넋이 나간 고지원의 귓가로 대남의 말이 비수처럼 파고들었다.

"지금 고지원 씨가 하신 일은 작품의 방향성을 도와주는 일이 아닌 기획 작품의 대필을 하라는 것과 마찬가지입니다."

녹화 촬영이 소강상태에 접어들자 진 PD가 녹화된 촬영 분량을 확인했다. 스태프들은 혹여나 고지원이 돌발 행동을 일으킬까 초조해 보였지만 진 PD만큼은 입꼬리가 귀에 걸려 내려올 생각을 하지 못하고 있었다.

'쓸 만한 장면들이 너무 많아도 고민이네.'

애초에 고지원이 히스테리적인 성격을 발휘해 방송상에서

편집해야 할 장면이 많을 거라 예상했지만 대남이 고지원이 성격을 부리기도 전에 원천 봉쇄하는 역할을 해주었다.

어디 가서 고지원이 이토록 호되게 당하는 꼴을 볼 수 있겠는가. 이로 인해 장면 하나하나가 버릴 것이 없을 정도로 볼거리를 선사했다.

진 PD가 그런 고민을 하고 있을 무렵, 고지원 측에서도 변화가 일어났다. 업무 때문에 금양출판으로 나오지 않았던 현장 매니저가 뒤늦게 도착한 것이다.

"뭐라고?"

짧은 쉬는 시간 동안 한껏 예민해져 있던 고지원이 조금 전 매니저의 말을 잘못 들은 것인지 신경을 곤두세운 채 되물었다. 그녀의 물음에 매니저가 진땀을 흘리며 다시 입을 열었다.

"사장님께서도 이번 프로그램에 거는 기대가 크세요. 더군다나 김대남 씨도 같이 출연을 하는 마당에 잘만 하면 예능 프로에서도 대박을 칠 수 있다고 잘해보라고 하시더군요."

"잠깐, 그러니까 김대남이 누군데?"

"……여태까지 같이 촬영하셨잖아요. 그 사람이 김대남이에요. 일전에 KBC 방송국과 MBS 방송국 양대 생방송에 나와서 시청률 대히트를 기록한 일반인. 그 사법 고시도 합격하고, 돈도 많다고 알려진 사람인데. 누나, 진짜 몰라요……?"

"……!"

현장 매니저의 말에 고지원은 그제야 깨달을 수가 있었다. 촬영 내내 자신을 괄시하며 지적을 하던 직원에게서 느꼈던 기시감을 말이다.

분명 한 해 전 김대남이라는 이름은 각종 언론사에 도배가 되다시피 대서특필되었었다. 왜 여태까지 몰랐던 것일까. 어이가 없어 도리어 헛웃음이 나왔다.

"그러니까 녹화 촬영 내내 날 물 먹였던 사람이 그냥 평범한 출판사 직원이 아니라 아주 유명한 인물이었다는 거지? 그런데도 나는 여태까지 아무것도 모른 채 당하기만 했고 말이야."

매니저는 말없이 고개를 숙였다. 고지원은 자신에게 말을 하지 않은 스태프들에게도 화가 났지만 뻔뻔하게 출판사의 일반 직원인 것처럼 행세했던 저 남자가 더욱 마음에 들지 않았다.

만약 녹화 촬영분대로 방송이 송출된다면 분명 언론의 포커싱은 천재 김대남이 여배우 고지원을 훈계하는 데 초점이 잡힐 것이 뻔했기 때문이다.

"저, 저 어디 가십니까."

고지원이 갑작스레 자리에서 일어나자 매니저가 놀란 표정으로 말했다. 하지만 매니저의 만류에도 불구하고 고지원은 걸음을 옮겨 대남이 앉아 있는 자리까지 걸어갔다.

대남은 자리에 앉아 업무를 보다 머리 위를 드리운 그림자에 고개를 슬며시 들어 위를 쳐다봤다.

"뭡니까."

대남의 물음에 모두가 입을 다물었다. 주위에 있던 스태프들은 상황이 어떻게 돌아가는 것인지 제대로 파악을 하지 못해 눈을 동그랗게 뜬 채 숨죽여 있었다. 일촉즉발의 현장 속에서 고지원이 대남을 내려다보며 말했다.

"네가 김대남이냐?"

고지원의 반말 섞인 물음에 대남이 자리에서 일어나며 입을 열었다.

"그런데?"

대남의 한마디로 인해 편집 부서의 분위기가 급속히 냉각되었다. 녹화 촬영분을 확인하던 진 PD조차도 지금 사안에선 어쩔 줄 모르겠다는 듯 비지땀을 흘렸다.

고지원의 히스테리적인 성격이야 그렇다 치더라도 대남마저 저렇게 반말로 맞받아칠 줄은 몰랐던 것이다.

고성이 오가도 이상하지 않을 상황 속에서 다시 말문을 연 것은 대남이었다.

"분명 말했잖아. 방송 촬영을 시작하기에 앞서 내 이름을 밝혔던 것 같은데, 그것마저 기억을 못 하면 어떡하나. 영화배우라 항상 두꺼운 대본집을 외운다고 들어서 기억력은 좋은 줄 알았는데 그것도 아닌가 보군."

"지금 내 말은 그 말이 아니잖아! 당신이 그 유명한 김대남이라는 사실을 여기 있는 사람들 그 누구 하나 나에게 말하지 않았어. 당신조차도 그런 점을 이용해서 날 기만하려고 했던 게 사실 아니야? 너희 모두 나를 이렇게 가지고 놀고도 괜찮을 거 같아?"

"……."

고지원의 윽박에 스태프들은 눈길을 회피하기 급급했다. 혹여나 자신들에게로 비난의 화살이 쏟아질까 염려돼서였다. 그리고 그건 고지원 측의 직원들도 마찬가지였다.

기획사의 말단 직원인 그들은 고지원에게 말 붙이기가 어려웠고 애초에 고지원이 대남의 정체에 관해 알고 있는 줄로만 알았다. 서슬 퍼런 고지원의 시선에 모두가 눈을 내리깔기 바쁜 그때, 대남이 자세를 고쳐 앉고는 다시 말했다.

"웃기는군."

"……뭐?"

"난 당신을 기만한 적이 없어. 편집 업무를 배우면서 나왔던 지적은 하나같이 당신의 실수에서 비롯된 것이었으니 말이야. 또한 당신이 기획안을 끝까지 확인했더라면 내가 출연을 한다는 사실을 알 수 있었을 텐데 그렇게 하지 않았겠지. 그리고."

대남은 잠깐 말을 멈추었다. 이미 고지원과 자신의 말다툼으로 인해 스태프들을 비롯해 금양출판 직원들의 이목까지 쏠린 상태였다.

눈앞의 고지원은 아직도 자신의 잘못을 생각하지 않은 채 뜨겁게 달아오른 주전자처럼 열기를 뿜어내고 있었다. 달궈진 그녀의 머리맡에 찬물을 끼얹듯 대남이 말했다.

"당신이야말로 당신이 내뱉은 말 책임질 수 있겠어? 모욕은 나뿐만 아니라 여기 이 자리에 있는 모두가 당한 것 같은데 말이야."

"……."

고지원은 그제야 뜨겁게 달궈졌던 머릿속이 차갑게 식혀지는 것 같았다.

마음 같아서는 당장 이 자리를 박차고 나가고 싶었으나 보는 눈이 많았다. 연예계에 감도는 루머와 가십으로 몸살을 겪을 시기는 이미 지났지만, 이토록 많은 사람 앞에서 추태를 보일 수도 없는 까닭이었다.

더군다나 눈앞의 남자는 일개 직원이 아니었고, 그의 말마따나 자신이라고 해도 함부로 할 수 없는 인물이었다.

고지원이 아무 말 없이 망부석처럼 서 있자, 대남이 그녀의 곁을 지나쳐 가며 말했다.

"프로라면 프로답게 행동해. 녹화가 끝나는 그 시간까지 말이야."

촬영장의 분위기는 살얼음판을 걷듯이 아슬아슬했다. 일찍이 모두가 대남과 고지원의 말다툼을 본 적이 있어 말을 아끼고 있었지만 죄여오는 압박감에 숨이 터져 나갈 지경이었다. 그리고 그 압박감의 중심에는 고지원이 있었다.

"여기 일거리가 왜 이렇게 많아요? 짜증 나 죽겠네."

"일거리가 많은 게 아니라 고지원 씨 손이 느린 겁니다."

"……"

대남의 단호한 말에 고지원이 이맛살을 찌푸렸다.

진 PD는 녹화 촬영이 잘 진행되고 있다는 안도와 함께 어서 빨리 촬영이 끝났으면 좋겠다고 생각했다. 쉬는 시간에 대남과 고지원 둘 사이에서 튄 불똥을 두 눈으로 직접 보았기에 더욱 그랬는지도 모른다.

이윽고 업무가 끝난 대남이 자리에서 일어났다. 사수가 자리에서 일어나자 고지원 또한 엉겁결에 함께 일어났지만 영문을 모르는 눈치다. 그럼에도 대남에게 질문하기는 싫어 입을 꾹 다물고 있었으나 대남이 홀로 멀어지자 더 이상 참지 못하고 소리쳤다.

"어디 가요!"

"……?"

"아니, 신입 직원 놔두고 사수가 그렇게 혼자서 움직여도 돼요? 아무 말 없이 그렇게 혼자 움직일 거면 혼자서 다 하지 일은 왜 분담하는 거예요. 그래요, 이참에 잘나신 김대남 씨께서 전부 다 하시면 되겠네요."

고지원은 일전의 일 때문에 단단히 화가 난 듯 보였다. 방송상에서는 적절히 편집이 이루어져 그녀가 하는 말이 전부 방송을 타지는 않을 테지만 그래도 적잖이 화가 난 모습이 비치고 있었다. 대남은 그런 그녀를 향해 뒤도 돌아보지 않고 말했다.

"화장실도 따라오려고요?"

대남의 말에 고지원은 재빨리 고개를 돌렸지만, 부끄러움이 밀려온 것인지 하얀 얼굴이 단풍 빛으로 물들어갔다.

이윽고 화장실을 다녀온 대남이 진 PD에게로 다가갔다. 진 PD는 갑작스럽게 자신을 찾아온 대남에게 의문스러운 표정을 지어 보였지만 대남은 편집실 한편에 앉아 있는 고지원을 가리키며 말했다.

"고지원 씨, 점심도 저희랑 같이 먹습니까?"

"점심이요?"

"곧 있으면 직원들 점심시간인데 저희는 보통 구내식당을 이용하거든요."

"오늘 촬영은 오전에만 예정되어 있기는 한데……."

진 PD는 당황할 수밖에 없었다. 고지원이 구내식당에서 식사할 리 없기 때문이다. 대남의 생각도 같았기 때문에 물어본 것이리라.

사실 '삶의 체험현장' 기획 모티브를 살리면서 그림이 좋은 촬영분을 뽑아내려면 고지원이 구내식당에서 점심을 함께 해 주는 것이 가장 이상적일 것이나, 진 PD는 이미 화가 머리끝까지 나 보이는 고지원에게 그런 제안을 할 자신이 없었다.

하지만 곧이어 예상외의 목소리가 들려왔다.

"먹을게요. 입에 금테 두른 것도 아닌데 구내식당에서 밥을 왜 못 먹어요, 내가."

편집실 한편에 앉아 있던 고지원이 대남의 목소리를 들은 것인지 자리에서 일어나 그렇게 외쳤다.

잔뜩 약이 올라 남들과는 말 한마디 섞지 않을 줄 알았는데 의외의 호탕한 모습에 대남은 옅은 미소를 지어 보였고, 진 PD는 안도의 한숨을 내쉬었다.

"이게 점심이에요?"

"왜요, 영화 촬영장에서도 바쁘다 보면 간간이 도시락 먹잖아요. 그것보다는 수준이 괜찮을 텐데요."

출판 단지에서 공동으로 운영되는 구내식당은 상주하는 직원들도 많을뿐더러 맛도 꽤 좋았다.

하지만 항상 고급 요리를 먹어왔던 고지원의 성미에는 부족한 듯했다. 영화 촬영장에서 도시락을 먹는 일이야 인기가 없던 무명 시절이거나 산골에서 촬영할 때야 그렇게 했지 인기가 최정상에 오른 지금은 거의 없었다.

"맛있게 먹어요. 보는 눈이 많잖아요."

"……"

대남의 말처럼 구내식당에 도착하자 보는 눈이 더욱 많아졌다. 다른 출판사의 직원들도 고지원의 출연 소식에 앞다투어 점심을 먹으러 왔고, 이미 자리에 앉아 식사 중이던 직원들도 밥을 먹으면서 흘끔흘끔 고지원을 바라봤다.

더군다나 고지원의 곁으로는 스태프들이 진을 치고 있는 통에 마치 동물원 원숭이라도 된 기분이었다.

"금양출판은 직원들 월급을 많이 주기는 하나요?"

"업계에서 많이 주는 축에 속합니다만, 그건 왜요?"

"아니, 이렇게 먹고 어떻게 일을 할까 싶어서요. 맛이 없는 건 아니지만 반찬이 너무 부실하잖아요."

그녀의 투정은 다행히 스태프들의 벽에 가로막혀 밖으로는 들리지 않았다.

대남은 그녀가 항상 화려한 스포트라이트를 받으며 남들이 떠받들어 주니 아직 어리광이 남아 있을 수 있다고 생각했다.

우아하고 카리스마 넘쳐 보이는 브라운관 속의 모습 탓에 그녀가 사회 물정을 모르는 어린아이라는 사실을 미처 몰랐던 것이다.

"고지원 씨는 무명 생활이 그다지 길지 않으셨나 봅니다."

"길지 않았죠. 두 번째 작품부터 성공 가도를 달리기 시작했으니 말이에요."

"그럼 무명 생활을 벗어났을 때 기쁘셨겠습니다. 식사도 다 하신 것 같으니 여기서 한번 물어보죠. 고지원 씨가 보기에는 식사가 부실하기 짝이 없다고 했는데 말입니다. 여기서 일하는 출판사 직원들은 어떠한 마음가짐으로 일을 하고 있는 것 같습니까."

고지원은 금일 겪었던 일련의 일들을 머릿속으로 되새겨 보았다.

출판업계는 자신이 생각했던 것보다 규모가 거대했으며, 하는 일 역시 다양했다. 단순히 책을 출간하는 유통 과정이라 생각했던 것은 오산이었다. 하지만 그뿐이다. 그 이상의 감흥은 느낄 수가 없었다.

고지원은 녹화 편집을 생각해서인지 카메라 앞이었지만 과감하게 털어놓았다.

"솔직히 말하자면 출판업계는 제가 '삶의 체험현장' 출연 제안을 받기 전까지만 해도 어떠한 사정인지 잘 몰랐고, 일부 편집 업무를 직접 체험해 본 지금도 그다지 흥미가 느껴지지 않는 게 사실이에요. 대부분 직업군이 그렇듯 그저 하루 먹고 하루 살기 급급한 직업이 아닌가요."

"고지원 씨께서는 너무 한 가지 세상에만 갇혀 사시는 것 같습니다."

"뭐라고요?"

대남의 말에 그녀가 수저를 놓았다. 대놓고 팔짱을 끼고는 대남을 노려보는 모습이 눈에서 안광이라도 뿜어져 나올 것 같아 스태프들은 오뉴월의 한기를 느낄 지경이었다.

다행이라면 대남의 테이블 주위로는 스태프들을 제외하고는 일반 직원들이 없어 소리가 새어 나갈 수 없었고, 고지원의 모습이 스태프들의 등에 가려 밖에서는 제대로 보이지 않았다.

"출판사의 직원 대다수가 글을 좋아하고, 작가를 꿈꿨던 사람들입니다. 고지원 씨가 무명 생활에서 벗어났을 때 느꼈던 카타르시스처럼, 편집자들도 한 권의 서적이 완성되어 서점에 올라간다면 무한한 자긍심을 느낍니다. 영화배우인 고지원 씨와 비교를 해보아도 떨어짐이 없는 직업입니다."

"버는 돈이 다르고, 사회적 지위와 재산이 다른데 어떻게 같을 수가 있나요. 전 그 말에 동의를 못 하겠네요."

고지원은 자신의 고집을 꺾지 않으려는 듯 보였다. 오전 내

내 눈앞의 남자에게 무시를 당했던 게 마음에 계속 응어리가
져 있었던 것이다.

제깟 게 뭐라고 스태프들 앞에서 망신살을 뻗치게 하고 훈
계를 한단 말인가. 그리고 쉬는 시간에 보였던 대남의 태도가
쌓여 있던 화를 터뜨리게 했다.

"프로라면 프로답게 행동해. 녹화가 끝나는 그 시간까지 말
이야."

'누가 누구한테 이래라저래라야.'
그녀의 머릿속으로 대남의 말이 다시 재현되었다.
'참자.'
이튿날까지 녹화 촬영만 다 끝나면 다시는 만날 일이 없는
사람이다. 더군다나 이런 허름한 출판업계에 다시는 발을 안
붙여도 되었다. 마음속으로 참을 인을 세 번 새기고 있을 즈
음, 대남의 목소리가 그녀의 귓가로 파고들었다.
"작가가 집필을 함에 있어 편집자는 사막의 오아시스와 같
은 역할을 해야 합니다. 편집자들도 그렇게 되기 위해 각고의
노력을 하지요. 고지원 씨가 영화 촬영을 하면서 자신이 주연
인 작품이 인기가 있길 바라며 노력하듯이 말이죠. 어느 자리
에 있건 직업엔 귀천이 없는 법입니다."

"……."

"그리고 제가 보기에 수입으로만 따지면."

대남은 짐짓 뜸을 들이며 물 잔을 들어 입을 축이고는 말했다.

"당신도 하루 벌어 하루 살기 급급해 보이는데요."

- 11장 -

황금양,
기지개를 켜다

대남의 말은 직격탄이 되어 고지원의 안면을 강타했다. 그녀의 얼굴은 붉으락푸르락해져 언제 자리를 박차고 일어서도 이상하지 않을 정도였고 스태프들은 혹여나 돌발 상황이 벌어질까 조마조마한 심정으로 마음을 졸이고 있어야만 했다.

　"내가 하루 벌어 하루 살기 급급해 보인다고? 당신, 머리가 어떻게 된 거 아니야?"

　"고지원 씨 입으로 다른 출판사 직원들이 하루 벌어 하루 살기 급급해 보인다고 하지 않았습니까. 물론 수입만 따져보면 그렇게 느껴졌을 수도 있습니다. 그래서 한 말입니다. 고지원 씨의 논리대로라면 그쪽도 벌이가 수월치는 않은 것 같은데요."

　"뭐라고?"

　고지원이 못 믿겠다는 듯 눈을 치켜뜨며 대남을 노려봤다.

대남은 그런 그녀의 눈동자를 직시하며 말했다.

"당신이 어렸을 적부터 촬영장을 전전하면서 벌어온 그 수많은 돈도 누군가에게는 푼돈에 불과합니다. 세상에는 당신보다 더 대단한 사람들이 많습니다. 톱스타의 자리에 앉아 있다 해서 안하무인격인 행동을 모두가 용납해 줄 거란 생각은 하지 마세요. 언젠가는 당신도 그 자리에서 내려오게 마련일 텐데, 그렇게 행동할수록 내리막길은 더 가팔라질 겁니다."

"……"

"그럼 식사도 다 한 것 같은데 이만 일어납시다."

대남이 홀연히 자리에서 일어난 뒤에도 고지원은 옴짝달싹할 수조차 없었다. 저 남자가 금융 투자로 막대한 부를 축적했다는 사실이 그제야 생각이 났기 때문이었다.

여태껏 홀대와 괄시를 받아본 적이 없는 고지원으로서는 지금 현장의 분위기가 도저히 믿기지 않았다.

"오늘 촬영은 오전까지라고 했으니, 먼저 가요."

고지원은 스태프들 사이에 있던 진 PD를 향해 통보하듯 말하고 자리에서 급히 일어났다. 멀어지는 그녀의 뒷모습을 따라 현장 매니저를 비롯한 기획사의 직원들이 서둘러 채비를 하고는 뛰어가는 게 눈에 보였다.

본래라면 예정된 촬영이 끝나더라도 제대로 인사를 나누고 헤어지는 게 맞지만 그 누구도 시한폭탄 같은 고지원을 불러

세우기 싫은 표정이었다.

"어우, 대남 씨. 대단한데요."

금양출판 편집 부서로 돌아온 진 PD가 대남을 바라보며 그렇게 말했다. 고지원은 방송가에서도 다루기 힘들기로 톱을 달리고 있는 인물이었다.

웬만한 베테랑 PD가 아니고서야 눈 하나 깜짝하지 않는 그녀를 대남은 손쉽게 말로만 요리했다. 그 모습이 진 PD의 눈에는 가히 신기(神技)처럼 보였을 것이다.

"저야 뭐 평소대로 한 건데요. 그나저나 진 PD님께서는 편집하실 영상이 아주 많겠습니다."

"카메라 감독은 지금 그림이 잘 나왔다고 아주 좋아하기는 하는데, 고지원 씨가 폭탄같이 쏟아낸 말들만 생각하면 뭐 죽었다고 생각하고 편집실에서 일주일은 박혀 있어야겠죠. 이번 일로 고지원 씨의 악명이 한층 더 높아지겠는데요."

'삶의 체험현장'은 파일럿 프로그램이었지만 KBC 예능국에서 기대를 한껏 받고 있는 프로그램이었다. 그래서인지 작가진을 비롯한 스태프 라인에도 공을 들였는데 고지원과 처음 작업한 이들이 많아 아마도 이번 일을 기점으로 그녀에 대한 악평이 더욱 번질 것 같았다.

"애초에 고지원 씨가 자초한 일이 아닙니까. 상관없습니다."

"하하, 지금 제작진 사이에서 대남 씨를 가리켜서 김 포스라고 부르고들 합니다. 웬만한 사람한테는 기가 안 죽는 고지원이가 대남 씨 앞에서는 고양이 앞에 쥐가 되지 않습니까. 저희로서도 컨트롤을 하기 어려운 여배우를 출연자가 직접 컨트롤해 주니 고마울 따름입니다."

"그럼 내일은 예정대로 황금양 쪽을 가려고 하는데 괜찮겠습니까?"

"금양출판에서의 그림은 상당히 좋게 뽑혔기 때문에 상관없습니다. 그리고 출판 업무들의 향연으로 다소 따분해질 수 있는 프로그램의 분위기를 회전시켜 금양출판이 사업 확장을 하는 모습까지 보여준다면 더할 나위가 없겠죠."

진 PD는 '삶의 체험현장'에 사활을 걸었기에 첫 방영부터 많은 장면을 보여주려 애썼다. 그 점이 대남의 목적과 뜻에 일치했다.

대남 입장에선 금양출판의 홍보 목적도 있었지만 새로이 태어나는 신생 기업인 황금양의 홍보 또한 게을리할 수 없는 노릇이었다. 그래서 촬영 첫날부터 고지원을 상대로 많은 방송 분량을 뽑아냈는지도 모른다.

"고지원 씨도 알고는 있겠죠?"

"프로그램 기획안에도 기술되어 있고 기획사를 통해 말도 전해놨으니 알고 있을 겁니다. 그런데 원체 그런 업무를 확인하지 않는 사람이라 확신할 수가……."

"괜찮습니다. 뭐 모른다고 해도 어쩌겠습니까. 첫 촬영분이
아까워서라도 따라올 겁니다. 벌써부터 내일 어떤 그림이 펼쳐
질지 기대가 되는데요."

대남의 말에 진 PD는 환희에 찬 주먹을 움켜쥐어 보였다. 왠
지 이번 파일럿 프로그램이 자신의 인생을 송두리째 바꿀 기
점이 될 것 같은 기분이 들었다.

"뭐? 촬영지가 금양출판이 아니라고?"

다음 날, 고지원은 마지막 남은 '삶의 체험현장' 녹화 촬영을
소화하기 위해 승합차에 올랐다. 하지만 운전석에서 들려오는
현장 매니저의 말에 미간을 찌푸릴 수밖에 없었다.

"누나, 제가 저번에 말했잖아요. 첫째 날은 금양출판에서 촬
영하고 마지막 날은 황금양이라는 기업에서 남은 촬영을 진행
한다고요……."

"네가 언제 나한테 그런 말을 했는데? 그리고 황금양은 무
슨 기업이야? 처음 들어보는데. 이제는 별 시답잖은 곳에서까
지 날 이용하려고 드네. 이런 건 네 선에서 커트해야지. 너로
안 되면 대표님을 부르든지!"

매니저는 그저 운전대를 잡고는 들리지 않게 한숨을 내쉬었다. '삶의 체험현장' 기획안을 받았을 때부터 입이 닳도록 말했었는데 아니나 다를까 한 귀로 듣고 한 귀로 흘린 모양이다.

고지원 또한 이제 와서 무를 수는 없는 노릇이라 그저 화가 난 표정으로 좌석에 몸을 눕듯이 기댄 채 팔짱을 끼고 있었다.

"너 지금 왜 종로로 가나?"

"그, 그게 황금양이 이곳에 있다고 해서."

고지원의 눈이 동그래졌다. 자신이 이름도 들어본 적 없는 신생 기업이 이렇게 목 좋은 자리에 있을 리 만무했기 때문이다. 하지만 고지원의 그런 생각과는 다르게 승합차는 점점 종로의 노른자위로 향했다.

"여기야……?"

"네. 제작진 측에서 가르쳐 준 곳은 여기예요."

이윽고 황금양 사옥 앞으로 도착한 고지원은 놀라 눈을 커다랗게 떴다. 대형 기업 못지않은 이런 고풍스러운 사옥이 있을 줄은 상상도 못 했기 때문이다.

오죽하면 본인이 소속된 기획사와 비교가 될 정도였다. 만약 사옥 입구에서 KBC 방송국 스태프들이 분주히 움직이고 있지 않았다면 믿지 못했을 것이다.

"고지원 씨, 여기 계셨군요. 어서 들어가죠."

진 PD가 어느새 고지원을 발견한 것인지 서둘러 승합차로 다가가 말했다. 혹여나 고지원의 변심으로 촬영이 파투 날까 싶어 어서 빨리 촬영장 안으로 들어가게 하려는 심산이었다.

진 PD의 안내에 따라 들어간 사옥의 내부는 외부의 고풍스러움과 상반되는 세련됨이 자리하고 있었다. 크기만 큰 성냥갑 같은 건물들과는 비교도 되지 않는 모습에 입이 절로 벌어졌다.

"금일은 녹화 촬영이 이곳에서 진행될 겁니다. 사전에 기획사를 통해 말씀드렸는데 안내 들으셨죠? 이곳은 금양출판이 사업 확장을 통해 이룩한 곳입니다. 어떻게 보면 금양출판과 형제 회사나 마찬가지죠. 주력하는 업종은 다르지만요."

"……."

진 PD의 말을 듣는 둥 마는 둥 고지원은 건물 내부를 살피기 바빴다. 다행히 선글라스를 껴서 그녀의 표정이 밖으로는 표출되지 않았다.

사옥 내부는 금양출판과 분위기가 사뭇 달랐다. 제대로 내부를 감상하기도 전에 귀에 익은 목소리가 등 뒤에서 들려왔다.

"오늘은 빨리 오셨네요, 고지원 씨. 건물 둘러보고 있었어요?"

"보기는 누가 봤다고 그래요. 이깟 건물 서울 바닥에 흔하잖아요."

"아, 그래요?"

대남은 이제 고지원의 까탈스러움이 아무렇지도 않았다. 애초에 '삶의 체험현장'이 아니었다면 만나지도 못했을 운명이다. 녹화 촬영만 끝난다면 얼굴을 볼 사이가 아니었기에 데면데면하게 대했다.

"자, 그럼 촬영 준비하겠습니다."

마지막 녹화 촬영답게 스태프들의 표정은 비장했다. 다들 파일럿 프로그램을 정규 프로그램으로 승격시키고 싶은 마음이 간절했기에 첫 방영에 거는 기대가 컸다.

어제만큼만 촬영분이 확보되면 좋겠다는 염원과 함께, 조연출이 카메라 앞으로 다가와 슬레이트를 쳤다.

"이곳은 금양출판의 문화·예술계 전반적인 사업 확장을 위해 설립한 황금양이라는 기업입니다. 편집 부서에서 제가 고지원 씨의 사수 역할을 맡았었는데 이곳에서는 아닙니다. 제가 겸직을 하고 있어서 말이죠."

"그런데 출판사가 돈이 많기는 한가 봐요. 종로에 이 정도 위치에 이만한 건물을 임대하려면 유지비가 장난 아닐 텐데 말이에요. 이 정도 건물을 임대할 바에 차라리 구내식당 반찬 가짓수를 늘리는 게 낫지 않을까요."

"이 건물은 금양출판에서 임대한 게 아닙니다."

"……?"

"제 거거든요."

고지원의 비아냥을 대남이 보기 좋게 막아냈다. 하지만 고지원은 화를 내기는커녕 오히려 이 건물이 대남의 것이라는 말에 놀라 발걸음을 멈춰 세웠다.

카메라 감독은 그 장면을 놓치지 않았다. 매번 화려한 생활을 하던 톱 여배우에게도 금전적으로 놀랄 일이 남아 있다는 사실이 흥미진진했다.

스태프들은 황금양에 대해 미리 언질을 받은 터라 놀랍지는 않았지만 대남이 대단하게 보이기는 했다.

"따라오시죠. 건물 내부를 소개해 드리겠습니다."

대남의 말에 고지원이 넋이 나간 표정을 급히 수습하고는 뒤따랐다. 하지만 2층에 올라서자마자 고지원은 다시 기함할 수밖에 없었다.

"이곳은 직원들을 위한 복지시설이 있는 곳입니다. 운동기구를 비롯해서 티 타임을 즐길 수 있도록 세계에서 유명한 각종 차를 섭렵한 카페를 입점시켰습니다. 물론 직원들에 한해서는 무료이고요."

"와."

"와……!"

2층에는 예상외의 풍경이 펼쳐지고 있었다. 국내 기업에서 특히, 문화·예술 계열의 기업에서 사내 복지를 논하기란 어려웠다. 화려한 겉모습과는 달리 박봉에 시달리고 쉴 틈 없는 노동을 요구하는 업종에서 이런 복지시설은 듣도 보도 못했다.

이번만큼은 고지원과 스태프들이 동시에 탄성을 터뜨렸다.

"그럼 오늘 제가 여기서 할 일은 뭐죠?"

"아직 황금양은 완벽한 직원 구성 체계가 갖춰진 기업이 아닙니다. 문화·예술에 관심이 많은 인재를 두루 모으고 있고, 진흙 속에 가려진 진주 같은 작품들을 찾는 일은 물론이고 빛을 발하지 못한 원석들을 발굴하는 데에도 힘을 기울이고 있습니다. 이곳에서 고지원 씨께서 할 일은 바로 대표와 함께 황금양의 전반적인 지지 기반을 다지는 일입니다."

"그게 무슨……?"

지지 기반을 다진다니, 고지원은 도통 말뜻을 이해하지 못하겠다는 표정이다. 진 PD 또한 고지원에게 일임될 업무에 대해서는 미리 듣지 못해 의아하고 궁금한 기색이 얼굴에 흐르고 있었다.

카메라가 대남과 고지원의 모습을 번갈아 촬영하기 시작했다. 그 순간, 마치 난해한 문제를 마주하기라도 한 듯한 고지원의 앞에서 대남이 입을 열었다.

"그럼 소개를 다시 해야겠군요."

"……."

"반갑습니다, 황금양의 대표 김대남입니다."

"뭐, 뭐라고요……?"

대남의 말에 고지원의 표정은 다른 의미로 왈칵 일그러졌다. 혹여나 눈앞의 이 남자가 자신을 놀리는 게 아닌가 싶어 스태프들을 바라보니 그들의 표정 또한 진지했다.

진 PD는 이미 K신문사를 통해 대남이 아버지와 함께 황금양의 공동대표라는 사실을 알고 있었다. 하지만 그 사업 규모가 이 정도일 줄은 몰랐던 탓에 혀를 내두를 뿐이다.

"지금 나하고 장난치는 거예요?"

고지원 또한 어제의 수모를 생각해서인지 김대남이라는 청년에 대해 직접 조사를 하고 왔던 차였다.

사법 고시를 합격한 수재 중의 수재이며, 지금은 아버지 사업을 도와 금양출판 편집팀에서 일하는 중이라는 것. 한데 황금양이라는 이 거대한 기업의 대표라는 사실은 꿈에도 몰랐다.

대남은 황당한 표정의 고지원을 향해 아무렇지 않은 표정으로 말했다.

"제가 왜 고지원 씨하고 장난을 칩니까, 시간 아깝게."

"……."

"괜한 소리 하지 마시고, 제가 조금 전에 한 말 들으셨죠. 오늘 하루 동안은 고지원 씨가 제 비서 업무를 맡을 겁니다."

녹화 촬영이 점점 흥미진진해지고 있었다. 기존의 촬영 방식과는 달라져 있었지만 이것도 나름대로 나쁘지 않았다. 뭣하면 첫날 금양출판에서 촬영했던 분량으로만 방송을 내보내면 될 것이다.

하지만 나쁘지 않은 예감이 들었다. 김대남이라는 인물은 이미 방송가에서 블루칩이라 불리는 남자다. 일반인 출연자이지만 웬만한 인기 연예인은 명함도 못 내밀 시청률 파워를 가진 사람으로서 묘한 매력이 풀풀 풍겼다.

그 시각, 카메라 감독과 진 PD는 아슬아슬한 외줄을 타는 듯한 기분이 들었다.

"진 PD, 이대로 녹화 진행해도 괜찮겠어? 작가들이 대본은 준비됐다고 하는데."

"감독님 생각은 어떠신데요?"

"내가 보기에는 대박이야, 딱 봐도 대박이라고! 어디 가서 고지원이 남 밑에서 허드렛일하는 장면을 찍을 수 있겠어. 영화나 드라마에서도 부잣집 아가씨 역할 아니면 안 하겠다는 양반인데 말이야. 고지원이 성격만 컨트롤할 수 있다면……."

"좋습니다, 그럼 한번 찍어보죠!"

"정말이야?"

카메라 감독의 물음에 진 PD는 짧게 고개를 끄덕여 보였다. 그는 오늘 자신의 방송국 생활에 한번 승부수를 띄워보자 마음먹었다.

"한 가지 묻고 싶네요. 김대남 씨는 왜 편한 길을 놔두고 험한 길을 선택했는지."

"편한 길이요?"

"그냥 모아둔 돈으로 부동산 놀이 좀 하다가 법조계로 나가면 될 일이잖아요. 굳이 이렇게 험한 판에 들어올 까닭이 있나 싶어서요."

그녀가 보기에 문화·예술업계는 허울 좋은 사업에 불과했다. 겉으로 보이는 화려한 모습보다는 곪아 터진 속내가 더욱 깊은 업계였다. 고지원의 물음에 대남은 입가에 희미한 미소를 띠는 것으로 대답을 대신했다.

"따라와요."

"시답잖기는."

녹화 촬영은 예상외로 잡음 없이 흘러갔다. 대남의 비서 업무를 봐야 한다기에 고지원이 길길이 날뛸 줄 알았으나 차라리 망신살이 뻗치는 편집 업무보다 이편이 낫다고 생각했는지 잠잠했다.

처음에는 대남이 황금양 대표임을 믿지 않던 그녀도 이제는 대남이라면 가능할 수 있다고 생각을 돌렸다.

"황금양은 첫 번째 사업의 타깃으로 영화 배급을 선택했습니다. 아직까지 국내의 영화 배급사들은 몇 곳을 제외하고는 영세한 중소기업 규모의 수준밖에 되지 않으니 말입니다. 여

기 작품들을 한번 보시죠. 이번에 수입을 생각하는 작품 시놉
시스들입니다. 이것들을 정리해 주셨으면 좋겠습니다."

"정리하라고요?"

"그럼 제가 서류 결재라도 맡길 거라고 생각했습니까?"

고지원의 표정이 일순 똥 씹은 표정이 되었으나 카메라가
향하자 얼굴에서 곧장 지워냈다.

황금양에서 수입을 생각하고 있는 해외 작품들은 여배우로
서도 구미가 당겼다. 이미 제작이 완료된 작품들이지만 말이
다. 하지만 시놉시스들을 정리해 가던 고지원이 혀를 차며 말
했다.

"흥행할 만한 게 있을까 싶네요. 웬만한 건 한국에서 이미
둥지를 튼 UIP(다국적 영화 배급사)가 채갔을 텐데."

"이상한 소리 하지 마시고, 작품 분류나 하세요."

"길고 짧은 걸 대봐야 아나. 주위에서 떠받들어 주니까 진짜
자신감이 하늘을 찌르네요. 내가 보기엔 여기 있는 작품들 전
부 국내에서 흥행할 요소가 없는 것들뿐인데."

"고지원 씨는 영화배우인데도 영화 보는 눈이 짧나 봅니다."

대남은 그렇게 말을 하며 작품 시놉시스 중 하나를 집어 들
어 보였다. 작품 상단엔 영화의 원어 제목인 'Groundhog
Day'가 쓰여 있었다. 하지만 그래도 고지원은 이해가 되지 않
는 듯 눈가를 찌푸리고 있었다.

"마케팅만 제대로 구사할 수 있다면 흥행을 기록하고도 남을 작품입니다."

"퍽이나 그러시겠네요. 괜히 헛물켜는 거 아닌가 싶네요."

"헛물을 켜는 것인지, 금맥을 캐는 것인지는 결과를 보면 알겠죠."

대남의 말에 고지원은 콧방귀를 뀌며 고개를 돌렸다. 출판사 편집 업무에 관해서는 자신이 아는 것이 전무해 대남의 훈계를 잠자코 들으며 망신을 당했지만 영화와 관련된 업무에서는 밀리고 싶지가 않았다.

어제와는 촬영장의 분위기가 다르게 흘러가니 스태프들 사이에서도 미묘한 기류가 흘렀다.

"생각보다 고지원 씨가 일하는데 짜증을 내지 않네요."

"아무래도 자기가 자신 있는 분야라 그런 게 아닐까?"

"PD님, 확실히 어제보다 분위기가 편안한데요?"

조연출의 말에 진 PD는 고개를 끄덕였다.

금양출판에서의 촬영은 꽤나 날카로운 분위기가 강했는데 황금양에서의 촬영은 예상외로 유순하게 흘러가고 있었다. 아무래도 고지원이 히스테리를 부리지 않고 업무에 몰두하고 있어서인지도 몰랐다.

상반된 그림을 뽑아낼 수 있어 진 PD로서는 상당한 만족감을 느끼고 있었다.

이윽고 고지원이 작품 분류를 끝내자 대남이 자리에서 일어나며 말했다.

"직원을 채용하는 것에 있어 가장 중요한 점이 무엇인지 알고 있습니까, 고지원 씨."

"아무래도 문화·예술 사업을 펼치려면 감각적인 사람을 뽑아야겠죠."

고지원의 퉁명스러운 대답에 대남이 고개를 주억거려 보였다. 일리가 있는 말이었지만 자신이 건넨 질문의 의도는 그것과는 달랐다.

"인재를 뽑으라는 말씀이라면 알 것 같습니다. 그럼 고지원 씨의 말대로 감각적인 인재를 뽑기 위해선 어떻게 해야 할까요?"

"……."

"그럼 간단하게 물어보죠. 인재란 어떤 상을 말하는 걸까요? 위에서 내려지는 지시를 잘 따르는 사람? 아니면 궂은일에도 군말 없이 일 처리를 하는 인내심이 강한 사람? 그것도 아니면 능동적으로 업무를 진행하는 사람을 말하는 걸까요? 아무래도 회사 대표가 바라는 인재상은 각자가 다를 겁니다. 누군가에겐 둥그런 돌이 또 다른 이에게는 모난 돌이 될 수 있는 법이니까요."

돌 모양에 비유해 인재상을 설명하는 대남의 모습을 카메라가 놓치지 않고 담아내고 있었다. 그 앞에 기립해 있는 고지원의 모습은 여느 때처럼 카리스마 넘쳤던 여배우가 아닌 정말 대표의 말을 고분고분하게 듣고 있는 비서 같았다.

이윽고 대남은 서랍장에서 사람들의 이력서를 꺼내 고지원에게 건네었다.

"황금양에 지원한 사람들입니다. 개중에는 경력직도 있고, 아예 신입으로 지원한 이들도 있습니다. 한번 보시고 판단해 보시죠. 이들 중에서 인재가 누구인지 말입니다."

"……!"

"너무 부담감을 가질 필요는 없습니다. 어차피 고지원 씨가 선택한 사람이 채용된다는 것은 아니니까 말입니다."

대남이 고지원에게 건넨 이력서 뭉텅이는 실제 지원자들이 아닌, 모의로 만들어진 이력서들이었다. 황금양에서는 이미 최종 면접이 끝나 내년 상반기 채용을 기다리는 상황이었다.

하지만 그 사실을 알 리 없는 고지원은 그 어느 때보다 진지한 표정으로 이력서들을 훑어보고 있었다.

진 PD는 돌아가는 상황이 그 어느 예능 프로그램을 직관한 것보다 흥미진진해 눈을 뗄 수가 없을 지경이었다. 스태프들도 이제는 촬영장 안에 동화가 된 듯 고지원과 대남의 행동 하나하나를 관객이 되어 유심히 바라보고 있었다.

"제가 대표면 이 사람을 뽑겠어요."

"왜죠?"

"학력도 좋으면서 외부 기획사에서 오랫동안 경력을 쌓았어요. 다른 이들에 비해서 나이가 많을지는 모르나 만약 채용한다면 열 사람 몫은 거뜬히 할 사람이에요. 그런데 이 사람 말고도 아까운 사람들이 많은데, 그냥 다 뽑으면 안 되나."

고지원은 푸념하듯 이력서들을 바라봤다. 사실 그녀의 말마따나 모의 이력서에 적힌 이들은 하나같이 버리기 아까운 인재들이었다. 전부 채용을 해도 이상치 않을 정도였기에 대남은 또 다른 질문을 던졌다.

"고지원 씨의 말대로 인재는 많으면 많을수록 좋습니다. 하지만 이렇게 인재가 모이는 것은 한시적인 효과일 수도 있어요. 만약 고지원 씨라면 어떻게 신생 기업에 인재를 끌어모으겠습니까? 이미 동종업계에는 굵직한 기업들이 많은데 말입니다."

"채용 홍보를 많이 해야 되겠죠. 막말로 정말 가지고 싶은 사람이 있다면 스카우트를 해서라도 뺏어야죠. 어쩔 수가 없잖아요?"

"스카우트를 한다라, 그것도 하나의 방법이지만 틀렸습니다."

대남은 고개를 저어 보였다. 채용 홍보를 한다면 효과는 있겠지만 대어를 낚기란 힘들 것이다. 모름지기 낚싯바늘을 이곳저곳으로 옮기지 않고 대어가 직접 스스로 다가오게 만들어야 하는 법이다.

대남은 서랍에서 또 다른 이력서를 하나 꺼내어 고지원에게 건넸다.

"문화·예술 사업을 펼치면서 첫 기수에 채용된 직원 중 한 명입니다. 국내 굴지 기획사의 창업 멤버로서 영업력이 아주 뛰어난 사람이었죠. 제가 그분에게 제시한 연봉과 복지는 동종업계 어느 곳과 비교할 수도 없을 만큼 뛰어났습니다. 분명 그분이 업계에서 유명하고 입지가 탄탄한 건 사실이었지만 다른 사람들이 보기엔 과하다 싶을 정도로 좋은 혜택으로 입사했죠. 제가 왜 그랬을까요?"

대남의 말을 들으면서 고지원은 또 다른 이력서를 훑어보았다. 기획업계에 이 정도로 경력을 쌓은 사람을 찾기란 어려운 일이었다.

업계 자체가 폐쇄적이며 요즘만 해도 회사를 나간다는 것은 업계를 떠난다는 말로 통용되었기 때문이다. 조금 전 보았던 이력서들과는 비교도 안 될 정도로 좋은 인재인 것은 틀림없었다.

하지만 대남이 왜 그렇게 파격적인 조건을 내건 것인지는 의아했다. 그렇게 생각할 무렵 대남의 목소리가 다시 들려왔다.

"전 그분을 앞세워 업계에 선전포고를 한 겁니다."

"선전포고……?"

"인재를 모으기 위해서 굳이 채용 홍보를 하기보다 먼저 저희 회사를 찾은 첫 인재에게 후한 혜택을 주기로 한 겁니다. 저희 황금양은 동종업계보다 뛰어난 복지와 연봉을 자랑하고 있습니다. 그리고 그러한 혜택을 몸소 받은 모범적인 모델이 생긴다면 업계에서 소문이 나는 것은 하루도 채 걸리지 않는 일이죠."

곁에서 대남의 말을 듣고 있던 진 PD는 놀라움을 금치 못했다. 문화·예술업계는 박봉으로 유명하다. 흔히들 유명하다 말하는 연예계 기획사들조차도 정산 시스템을 제대로 구축하지 않아 직원들에게 희생을 강요하는 게 관행처럼 여겨지던 시기였다. 충격을 받은 것은 진 PD뿐만 아니라 고지원과 스태프들도 마찬가지였다.

"고지원 씨, 편한 길을 놔두고 왜 험한 길을 선택했냐고 물으셨죠."

"⋯⋯."

대남은 말없이 자신을 바라보는 고지원을 향해 말했다.

"그쪽이 훨씬 재밌으니까요."

To Be Continued

쥐뿔도 없는 회귀

목마 퓨전판타지 장편소설

불친절하기 짝이 없는 이세계 '에리아'.
그곳에 소환된 '이성민'.

13년의 생활 끝에 죽음을 맞이한 그에게
또 한 번의 기회가 주어졌다.

재능이 없다.
그러나 그에겐 13년의 기억이 있다..

우연처럼 엮인 필연이, 그리고 목적이
그를 앞으로, 더 높은 곳으로 나아가게 한다.

이성민은 무엇을 바라였는가.
무엇이 되고 싶었는가.

"나는 다시 살아가 보고 싶다.
전생보다 나은 삶을."

스켈레톤 마스터

WISHBOOKS GAME FANTASY STORY
더페이서 게임 판타지 장편소설

오직 힘으로 지배되는 세상 일루전!

"스켈레톤 소환."

└ 미친…….
└ 저거 스켈레톤 맞아요?
└ 뭐가 저렇게 세?

수백이 넘는 소환수를 지휘하는 자,
극악의 난이도를 자랑하는 직업 조폭 네크로맨서!
8년 전으로 회귀한 강무혁의 도전이 시작된다.

「스켈레톤 마스터」

"나는 이곳에서 강자가 되겠다!"

온후 퓨전 판타지 장편소설

최후의 영웅.
500명의 영웅 중 살아남은 건 오한성뿐이었다.

그리고 그마저 모든 것을 놓은 순간.

과거로 돌아왔다.

목숨을 걸어야 한다면 걸겠다.
그것이 이 모든 좌절과 절망을 지워 버리는 길이라면,
더 이상 영웅이 아닌, 승리를 위한 악당이 되겠다!

"준비는 끝났다."

영웅과 악당, 신과 악마, 모든 변화의중심.
그의 일대기에 주목하라.

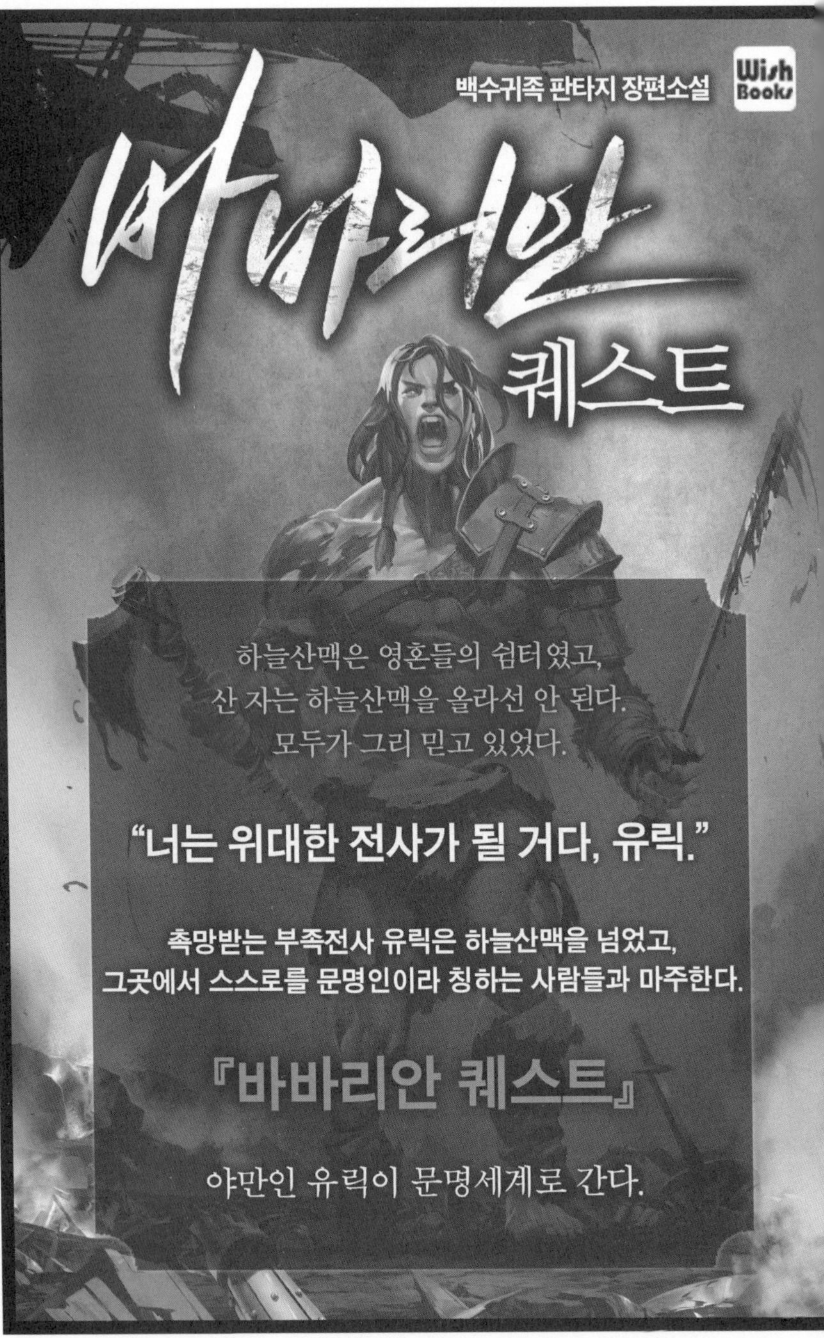
백수귀족 판타지 장편소설
Wish Books
바바리안
퀘스트
하늘산맥은 영혼들의 쉼터였고,
산 자는 하늘산맥을 올라선 안 된다.
모두가 그리 믿고 있었다.
"너는 위대한 전사가 될 거다, 유릭."
촉망받는 부족전사 유릭은 하늘산맥을 넘었고,
그곳에서 스스로를 문명인이라 칭하는 사람들과 마주한다.
『바바리안 퀘스트』
야만인 유릭이 문명세계로 간다.

흙수저 판타지 장편소설

회귀자
사용설명서

어느 날, 이세계로 소환되었다.

짐승들이 쏟아지고, 믿을 수 없는 위기가 닥쳐오나.
가지고있는 재능은 밑바닥.

[플레이어의 재능수치는 최하입니다.]
[거의 모든 수치가 절망적입니다.]

선택받은 용사든, 재능 있는 마법사든,
시간을 역행한 회귀자든.
모든 것을 이용해야 한다.

살아남기 위해.

"쓰레기면 뭐 어떻습니까. 살아남기 위해서
뭔 짓인들 못 하겠어요?"

한태민 현대 판타지 장편소설
Wish Books
채널마스터
CHANNEL MASTER
할아버지 집 창고 정리 중 찾아낸 텔레비전.
그런데 이놈 보통 텔레비전이 아니다.
[채널 마스터 시스템에 접속하였습니다.]
[사용자의 정보를 분석합니다.]
[필요로 하는 채널을 업데이트합니다.]
경험을 쌓아서 채널을 더 확보해라!
그 채널이 고스란히 네 능력이 되어줄 테니.